COBALT-SERIES

# とこしえの薔薇

## 銀朱の花～ブノス異聞～

金蓮花



集英社

〔初出一覧〕

「とこしえの薔薇」……書き下ろし

「訪問者」……………Ｃｏｂａｌｔ　二〇〇六年十月号

目　次

エドガルド
エルリックの一番上の兄。クレイヴン侯爵家の嫡男で、現在はアスティル子爵を名乗っている。
アリアン
エドガルドの妻。かつては、愚かで不品行な娘として知られていたが…。
エミール
エルリックの二番目の兄。アリアンの元許婚《いいなずけ》。

## エルリック

ブノス王国の騎士で、タージュの夫となる青年。タージュと出逢った当初は、シルヴィアナで聖痕の乙女とされる彼女を王太子に紹介しようとしていた。

## タージュ

二色の瞳と額に花のような痣を持つ少女。エルリックに嫁ぐことになるが兄嫁の人柄の素晴らしさに気おくれしてしまい…？

# とこしえの薔薇 銀朱の花 ～ブノス異聞～ 登場人物紹介

イラスト／藤井迦耶

# とこしえの薔薇
## 銀殊の花～ブノス異聞～

# 序

「まあ、なんて綺麗《きれい》なの」

女伯爵《おんなはくしゃく》エイミリアの心からの賛辞《さんじ》に、シュゼットは得意げに瞳《ひとみ》を輝かせた。

「タージュや、さあ、こちらにきて試してごらんなさい」

エイミリアに手招きされ、タージュはおずおずと近づいていった。

「しゃがんでちょうだい」

タージュは言われたとおり、エイミリアの前で腰をかがめ、彼女の手の中にある美しい花冠《かかん》に目を留めた。

白い薔薇《ばら》を連ねた花輪。

白い花びらは、極上《ごくじょう》のクリームを思わせる優しい色合いで、朝露《あさつゆ》を含んだかのようにしっとりと輝いていた。一輪、一輪、微妙に形が違う。淡い緑のがくに半《なか》ば閉じ込められた可憐《かれん》な蕾《つぼみ》まであった。

「これでこそ、野薔薇城《のばらじょう》の花嫁よ」

白薔薇の冠《かんむり》を、タージュの黒髪に載せ、エイミリアは満足げにつぶやいた。

古くからエイミリアに仕《つか》える侍女たちも、同感とばかりにうなずき微笑《ほほえ》んでいる。

タージュは身体《からだ》を起こすと、頭の上の薔薇にそっと触れてみた。

かさりと、花びらから乾いた音が聞こえる。

「エルにも困ったものね。野薔薇の季節を待てと私は言ったのですよ。そうしたらあの子、なんと答えたと思って？」

エイミリアは、困っているとは思えない満面の笑顔で、その場にいた一同に尋ねた。

この問いが、彼女の口からこぼれたのは、これで何度目だったろう。侍女も召使《めしつかい》も、それには言及せず、おとなしく続きを待った。

「エルときたら、真顔《まがお》でこう言ったのよ。冬至《とうじ》の日でさえ待ちきれないのです。薔薇が咲くのを待っていたら、私の心が干からびてしまいます」

エイミリアの言葉に、女たちは遠慮なく華《はな》やいだ笑い声を響《ひび》かせた。

「まあ、なんて情熱的なんでしょう」

今日、都から花冠を携《たずさ》えてやってきたシュゼットは、率直な感想を漏《も》らした。普段、都で暮らす彼女には、初めて聞くエピソードだったのだ。

「タージュ様は、お幸せですわ。それほどまでに愛されて」

シュゼットの言葉に、タージュは内心苦いものを覚えた。

三日後、夫となるエルリックが、なぜ結婚を急ぐのか、その事情を誰よりも深く知るのは、タージュを置いて他にいない。

あの運命の夜まで、エルリックはタージュを妻にとは望んでいなかった。

異相を持って、タージュはこの世に生を受けた。

——左右で色の違う瞳。

それは澄んだ美しい瞳ではあったが、ブノス王国では歓迎されるものではなかった。肌《はだ》の色や髪の色から、カナルサリの血が混じっていることが窺《うかが》える。その上、まだ年端《としは》も行かぬころ受けた傷が元で、額には合歓《ねむ》の花のような赤い痣《あざ》まである。

守ってくれる両親とてない身の上。

タージュが、人目を嫌《きら》うようになったのも無理はない。

それを残念に思ったエルリックは、自分の友であるシルヴィアナ王国王太子にタージュを娶《めと》わせようと思った。

ブノスでは忌《い》み嫌われる異相も、シルヴィアナ王国では、聖痕《せいこん》と崇《あが》められる神の印だったからだ。

だが、タージュはエルリックを愛していた。

彼の意思で、他の男性のもとに嫁ぐことなどできなかった。

結局、タージュが選んだのは、エルリックのもとから逃げ出すことだった。

ージュが出奔《しゅっぽん》したことに気づいたとき、ようやくエルリックは悟ったのだ。

自分が、心からタージュを愛していることを。

自分の命よりも大切なものが、この世にあることを。

彼が、結婚を急いだのは、二度とタージュを失いたくないという気持ちの表れに他ならない。

野薔薇城の花嫁は、薔薇の花冠をいただいて嫁ぐのです。と、城主であるグリオン女伯爵エイミリアは、何度もエルリックに意見した。

それは、親もわからぬ身の上のタージュとの結婚を嫌ってのことではない。むしろ、喜んでいた。

長い間、歩けずにいた自分を、根気のある治療で、再び歩けるまでにしてくれたタージュを、エイミリアは心から可愛《かわい》く思っていた。

自分の跡取りに指名した甥《おい》エルリックと、孫娘のように思っているタージュの結婚を、女伯爵は心から嬉しく思っているのだ。

野薔薇の咲く時期まで待てと言ったのは、盛大な結婚式を挙げるため、その準備に十分な時間が欲しかったからだ。

結婚に反対する者がいない以上、なにより優先されるのは、当人たちの気持ち。

そして、シュゼットの言葉通り、ここにきて普段の冷静沈着な仮面を脱ぎ捨て、情熱的にタージュを求めるエルリックに、誰もが反論することなどできなかった。

　タージュを慕う城の皆が、一丸となってことに当たった結果、結婚式を三日後に控えて、支度はあらかた終わっていた。

　厨房《ちゅうぼう》は、食欲を刺激する匂いで満たされ、朝となく夜となく大鍋《おおなべ》がぐつぐつと音を立てている。干した果物をたっぷりと使ったケーキは味が落ち着くように寝かされ、熟成《じゅくせい》した肉は下ごしらえを待つばかりだ。玉蜀黍《トウモロコシ》粉の薄焼きパンのために、厨房の召使たちは交代で石臼《いしうす》を引き続けた。

　酒蔵には葡萄酒《ぶどうしゅ》や蜂蜜酒《はちみつしゅ》の樽《たる》や壺《つぼ》が、山のように運び込まれていた。年端も行かぬ者や酒を飲めない者には、林檎《りんご》が山ほど用意されていた。当日、果汁を搾《しぼ》るのだ。

　城は上から下まで余すところなく磨《みが》きたてられ、広間の床には新しい藺草《いぐさ》が敷き詰められていた。

　高価な窓硝子《ガラス》はぴかぴかに磨かれ、雑草に押し上げられ見る影もなかった石畳《いしだたみ》は、男たちが先を争うようにして補修をすませた。

　庭木は秋の剪定《せんてい》を終えたあと、さらに整理され掃き清められた。

　エルリックとタージュがやってくるまで、見る影もなく荒れ果てていた野薔薇城は、いまや完全に昔の美しい姿を取り戻していた。

　それだけではない。式を執《と》り行う広間は、常緑樹の枝と赤い野薔薇の実で作ったリースで、飾られていた。花のない季節だが、少しでも華やかにという下働きの女たちの発案だった。

結婚式の支度でなによりも忘れてはいけないものは、花嫁の衣装だろう。

徹夜で仕立てられた純白の新しいドレスには、エイミリアの宮廷時代の衣装から取り外したビーズや小粒真珠が縫いつけられ、燦然《さんぜん》と輝いていた。

最後の仮縫いは、昨日終わり、あとは仕上げが待っているだけだ。

そこに、シュゼットが、花冠と繻子《しゅす》の上靴を携えてやってきたのだ。

花嫁の支度は、これですべて整ったのである。エイミリアを筆頭に、城の女たちがはしゃぐのも無理はなかった。

「シュゼット、本当に感謝しますよ。あなたが機転を利かせてくれたおかげで、タージュは薔薇の冠をいただいて花嫁になれるのですからね。まあ、ごらんなさい。白い薔薇が黒髪に映えること……」

結婚式を、冬至の日に挙げると決めたのは、エルリックだった。

この日を境に、昼が徐々《じょじょ》に勢いを取り戻す。再生を祝う日、春の息吹《いぶき》を寿《ことほ》ぐ日。

長い夜の終わる日を、エルリックはタージュを花嫁に迎える日と定めた。

ブノスでは、冬至の日に、祝祭を催すのが慣わしだった。

よい香りのする楓《かえで》や桜の太い丸太を暖炉で燃やし、躍る炎を眺めながらご馳走《ちそう》を味わい、杯《さかずき》をあける。男も女も無礼講で、歌を唄い、楽器を奏《かな》で、踊りを楽しむ。

今年は、その祝祭にさらに晴れがましい喜びが加わるのだ。

ひとつ残念なことがあるとすれば、この季節に薔薇がないことだろう。

ブノス王国は、薔薇の原産地として知られ、エイミリアの城は野薔薇城の名のとおり、季節になると赤と白の野薔薇で埋《う》め尽《つ》くされる。

エイミリアの侍女が、趣味で大輪の四季咲きの薔薇を育てているが、花嫁のブーケにするのが精一杯、花冠にするにはあまりに数が少なかった。

エイミリアは、心の中で花冠のない花嫁を嘆いていた。それを救ってくれたのが、シュゼットだった。

シュゼットの家は、裕福な商人だ。

祖父は、金細工師として名を馳《は》せ、父は祖父の工房を国一番の店に育てた。兄は、その名声と富を背景に、手広く堅実な商売を展開している。

その兄が、最近始めたのが絹《きぬ》で作る花だった。それを思い出したシュゼットは早速《さっそく》花冠を作ってくれるよう頼んだ。

幼《おさな》いころから、美しいものに囲《かこ》まれて育ったおかげだろうか、シュゼットは美的感覚に優れている。そんな彼女がことに当たったので、白薔薇の冠は作り物とは思えぬほど、繊細で生き生きとしていた。

「タージュ様、少しだけ後ろを見ていただけますか？　これが、都での最新スタイルなんですよ」

シュゼットはそう言うと、花冠の後ろに、レースで作ったリボンを結わえた。

それは蜘蛛《くも》の糸で編んだかのように、儚《はかな》く軽やかなレースで、床に届くほど長かった。

「まあ、なんて長いレースでしょう。それだけで、胴着が一着作れそうじゃありませんか」

エイミリアは、目を細めて美しいと誉めそやした。

「花冠にレースのリボンを最初に付け加えたのが、誰だかご存知?」

その問いには、誰もが首を傾《かし》げた。

「アリアンですよ」

女伯爵の侍女たちが、驚いたようにうなずきあう。

――アリアン。

それは、タージュが初めて耳にする名前だった。

「タージュ、アリアンはエルリックの一番上の兄、エドガルドの奥方です。それはそれは、裁縫や手芸が得意でね。彼女が、自分の結婚式で、花冠にレースのリボンを付け加えたの。それが、たちまちのうちに流行となったのですよ。私は残念ながら、この足のために式にはでられませんでしたけど、噂《うわさ》は聞いていました。でも、四年の間に、これほど長くなるとはね」

タージュはぼんやりとうなずき、花冠を頭からはずすと、白いレースにそっと指で触れてみた。バラの連続模様がモチーフとなっていて、手のひらほどの幅がある。それが二枚、ふわりと垂れ下がっていた。

「わたくしたち庶民には、貴族の姫君のような豪華な花嫁衣裳は夢のまた夢ですが、このレースでしたら、少し無理をすれば手が届きますもの。花嫁の憧《あこが》れなのです。だからでしょうか、年々、丈が長く幅が広くなっておりますの」

と、シュゼットが説明する。

「それにアリアン様が、このレースをサッシュベルトの代わりになさってから、都の女たちはこぞって真似《まね》ておりますわ」

「あら、まるでアリアンが流行を作っているようじゃありませんか」

「ええ、女伯爵様。アリアン様はあまり華美な衣装はお召しになりませんでしょう？　でも、髪型や小物に工夫があって、とても目を惹《ひ》かれるのです。兄が始めた絹の造花も、もとはアリアン様がお帽子につけていらしたレースの薔薇がきっかけでございした」

「シュゼット、アリアンは都の女たちに愛されているようですね」

「はい、いままではお優しい性格でいらっしゃることを、都の者は存じておりますもの、お慕いし心から尊敬いたしておりますわ」

「それはよかったこと。いずれタージュも、伯爵夫人として都で暮らす日が訪れることでしょう。アリアンのように、慕われ尊敬される日が、いまから目に見えるようだわ」

夕食の後、薄荷《はっか》油を手に、タージュがエイミリアの部屋を訪れるのは、毎日の日課だった。具合の悪い足を、熱いお湯とこの油を使ってマッサージするのだ。

爽《さわ》やかな薄荷の香りが立ち込めるなか、グリオン女伯爵はタージュに声をかけた。

「顔色が優れませんね。なにか心配事でもあるのじゃなくて？」

エイミリアの問いに、タージュは驚いたように顔を上げた。

「まあ、エイミリア様、なにをおっしゃるのですか？　わたしは、いま毎日が幸せで……。まるで夢をみているようですわ。心配事なんて、思いつきもいたしません」

彼女はそう言うと、優しい表情で微笑んでみせた。だが、それにだまされるエイミリアではなかった。

「そう、それが心配事なのね」

「え……」

「夢のように儚く脆《もろ》いものと、考えているのでしょう？　いまの幸せを。なぜ？　エルの気持ちが信じられないのかしら？」

「いいえ」

と、タージュは強く首を横に振った。

「信じております。信じているのです。わたしが信じられるものは、ただひとつ。エルリック様のお心だけなんですもの」

タージュには、もうこれ以上強がることができなかった。

結婚が現実のものとなり、エイミリアの采配《さいはい》で、盛大な式の準備が着々と整えられていくのを見ているうちに、彼女のなかで不安が芽生《めば》えた。

過去の栄華を取り戻しつつあるとはいえ、一度は破産寸前までいった野薔薇城だ。自分のために、こんな豪華な式を挙げる必要があるだろうか。

それに、近隣から多くの祝い客がやってくる。

グリオン女伯爵とエルリックの父クレイヴン侯爵の名声に敬意を表して、二人を娶せる《めあわ》ために、宮廷から神父様が派遣されることになっている。

思っても見たことのない栄誉に、タージュは萎縮《いしゅく》していた。

それに、父と兄を迎えるために、エルリックが十日ほど前から留守にしているのも、タージュの不安を煽《あお》っていた。

「タージュ、正直に話してごらんなさい」

エイミリアは、人払いしてから彼女に優しくささやきかけた。

「あたし、怖いんです」

タージュは、強張《こわば》った表情で、全身から搾《しぼ》り出すようにして、まずそう告げた。

「なにが怖いのかしら?」

「あたし、あたし……、エルリック様の花嫁にはなれません」

「まあ、なにを言い出すのかしら、この子は」

エイミリアは、そう言いながらも、どこか楽しげな表情だった。だが、不安に取り憑《つ》かれているタージュには、それがわからない。

「エルリックほど、あなたを愛している若者はいませんよ」

「嬉しいことです。ありがたいことです。でも、あたしには無理です。結婚なんて、おかしいわ。間違っている」

エイミリアに厳しく指導され身につけたはずの美しい言葉遣《づか》いも、いまのタージュには思い出す余裕がない。

「いまは愛してくださっても、いずれ嫌われてしまいます」

「あらあら、何故《なぜ》そのようなことを? エルリックの愛を疑うのね? 私の甥は、不誠実な若者かしら?」

「いいえ、違います。誰よりも誠実なお方です。だから、困るのです。あたしのような取るに足らない娘を、花嫁にしてくださるなんて、考えられないことです。あたしは、愛人で十分なんです。カナルサリの血を引いているんですよ。左右の目の色が違うし、額には消えない痣《あざ》があるし、親もいなければ財産もない。いつか、きっとエルリック様は、自分の結婚が間違っていたと後悔されるに違いありません」

「タージュ、少し落ち着いたほうがいいわね。お茶でも運ばせましょう」

「いいえ、エイミリア様、お茶など要りません。感情が高ぶっているから、こんなことを申し上げているのではありません。この数日、真剣に考えてまいりました。やはり結婚式は中止にいたしましょう。いまならまだ手遅れにはなりませんわ」

「馬鹿《ばか》げた話だこと」

「いいえ、馬鹿げてなどおりません。大切なことです。エルリック様のお父様やお兄様が、あたしを見てがっかりするのが、目に浮かぶんです。素晴らしい兄嫁様と比べて、あたしなんて足元にも及ばないわ。このままでは、エルリック様に恥《はじ》をかかせてしまう。中止するしかないんです。それも一刻も早く！」

眉間《みけん》に深いしわを刻み、二色の瞳を涙で潤《うる》ませ、必死の思いで訴えるタージュとは裏腹に、エイミリアは突然大きな口をあけて笑い出した。

若い時分、宮廷の華と謳《うた》われた貴婦人らしからぬ振る舞いだった。

「アリアンの足元にも及ばない？　なにを根拠にそんなことを？」

目尻に涙をにじませながら、ようやく笑いを収めたエイミリアはタージュに尋ねた。

「アリアン様は、未来の侯爵夫人で……、都の洗練された方々が、その装いをお手本にされるような方ですし……」

「あらあら、思い違いもいいところね」

エイミリアはそう言うと、タージュに自分の隣に椅子を持ってこさせ、それに腰を下ろすように言いつけた。

「座って私の話をお聞きなさい」

タージュが言われたとおりにすると、女伯爵はその老いた手で、タージュの手をしっかりと包み、孫娘を見守るような慈愛に満ちた瞳で見つめるのだった。

「タージュ、エドガルドがアリアンとの婚約を発表したとき、誰もが反対したんですよ」

タージュは、沈んだ表情で耳を傾けていた。

「父であるクレイヴン侯爵も、大伯母であるこの私も、怒り狂ってとめたのです」

「……何故《なぜ》ですか？」

「アリアンは、愚《おろ》かで醜《みにく》い不品行な娘として知られていたからです」

その言葉に、タージュは目を丸くした。

「貴族の娘でもありません。シュゼットと同じく、庶民の出です」

タージュは、信じられない思いで、エイミリアの顔を見つめた。

だが、怒り狂い反対したという女伯爵の顔に、アリアンに対する嫌悪を見つけることはできなかった。それどころか、口元がかすかに震えている。まるで、笑うのを必死で堪《こら》えているように。

「それに、アリアンには保護者が定めた許婚《いいなずけ》がいたのです。それが、よりにもよってエミールなのですからね。エドガルドの婚約は、それは大変な醜聞《しゅうぶん》でしたよ」

タージュはあまりのことに、目を丸く見開き、語る言葉を見つけられずにいた。

エルリックのすぐ上の兄の名も、エミールと聞いている。

裏切られた婚約者、エミール。

話の流れからいって、このエミールがクレイヴン侯爵家の次男と思って間違いないだろう。

ごくりと喉《のど》を鳴らしてから、タージュは恐る恐る尋ねた。

「ご自分の弟君の婚約者を、妻に迎えたのですか？」

「ええ、そうなのよ。私たちが反対したのも、道理だと思ってくださるでしょう？」

タージュが小さくうなずくと、エイミリアは含みのある笑顔で、言葉を続けた。

「こういっては失礼だけど、タージュ。アリアンに比べたら、あなたは瑕疵《かし》ひとつない立派な花嫁だわ」

そう言うと、グリオン女伯爵エイミリアは、エドガルドとアリアンの結婚にいたるまでの経《いき》緯《さつ》を、静かに語りだした。

それは、長い長い物語だった。

# 第一章　偽りの蕾《つぼみ》

——


「では、よろしく頼むぞ。エドガルド」

国王陛下《へいか》に肩を叩かれ、アスティル子爵《ししやく》エドガルド・エルマー・エリファレット・ヴァン・クレイヴンは身の引き締まる思いだった。

クレイヴン侯爵《こうしやく》家の嫡男《ちやくなん》として生まれた彼には、輝かしい未来が約束されている。父の跡を継ぎクレイヴン侯爵を名乗るのはまだ先のことだが、今現在アスティル子爵を名乗り、領地もある。

国王陛下の覚えめでたく、このたびは国王の名代《みようだい》として東洋に旅立つこととなったのだ。セラウィン帝国と正式に国交を結ぶことになり、その大使として選ばれたのがエドガルドだった。

選ばれた理由は、エドガルドの語学力にある。

幼《おさな》い頃から聡明で知られた彼は、宮廷に伺候《しこう》するとすぐに国王の祐筆《ゆうひつ》に取り立てられた。祐筆という役職は、手紙、文書、記録などを管理する係である。達筆であることが絶対条件であり、古今の文学、詩に通じ、美しい文章が書けなければならない。

国王陛下の祐筆となれば、畢竟《ひっきょう》その内容は、政治のみならず国家機密にも触れることになる。さらには、後の世に残す大切な記録でもある。

王国の政治経済を把握《はあく》し、分析する知性が求められる上、どのような状況下においても秘密を漏洩《ろうえい》することのない、堅固な意志と国王と王国に対する忠誠心が要求されるのだ。

この春、二十五歳の誕生日を迎えたばかりの若いエドガルドにとって、今回の抜擢《ばってき》は異例のことではあった。だが、宮廷の外交を受け持つ貴族や官吏たちの間から、不平は聞かれなかった。それはセラウィン帝国が未知の国家であり、ブノスでは文化の違い、風習の違いから、残念なことではあったが、東洋を貶《おとし》める風潮が色濃いため、今回の派遣を厭《いと》う空気があったことと、エドガルドの文官としての能力が認められているからに他ならない。

エドガルドは、ほとんど同じ言語といっていいシルヴィアナ語はもちろんのこと、カナルサリ語とセラウィン語をブノス語と同様に読み書きができ、話すことができた。

これには、父であるクレイヴン侯爵の思惑が大きく働いていた。

王家になによりも忠誠を尽くす父侯爵は、これからのブノスの栄華《えいが》を築くには、なによりも外交が大切と考え、自分の跡を継ぎ将来貴族院の重鎮《じゅうちん》となる息子に、語学力が必要になると判断したのだ。

父侯爵は、嫡男であるエドガルドに異国の言葉を母国語とする者を、家庭教師として雇った。さらには、日常会話の習得のために、異国の召使を多く雇い入れた。

その努力が、見事に実ったと言ってよかったろう。

「船旅だ。順調にいっても、二ヵ月。運が悪ければ長い旅になる。下手《へた》をすれば二度と帰らぬ旅かもしれんぞ。その覚悟はできているのかな」

「もちろんでございます」

エドガルドは、国王の意地の悪い質問にも、いささかの躊躇《ちゅうちょ》もなく答えた。

なにが起こるかわからないのが、船旅だ。嵐や高波で、船が転覆《てんぷく》することも考えられる。

それでもエドガルドにとって、今回の任務は嬉《うれ》しかった。寡黙《かもく》で控えめといわれる彼も、二十五歳の青年。冒険に憧《あこが》れる気持ちはたぶんにある。

「気持ちのよい返事だ。つつがない航海を祈っているぞ」

国王はそう言うと、軽く手を払い退出を命じた。

エドガルドは一礼すると、扉へと足を向けた。そこに陛下から再びお声がかかる。

「エドガルド、青銅《せいどう》の間にそのほうの弟がおったぞ。またにぎやかに騒いでいるようであった。出立の前に会っていくがよかろう」

エドガルドは、もう一度きびすを返すと、膝《ひざ》を折り頭を下げた。

「お心遣《づか》い、かたじけのうございます」

「堅苦しい男よのう。これしき、なにが心遣いぞ。さあ、早く行け」

青銅の間は城の一階にある。ここは、貴族たちに解放された部屋だ。大して広くはなかったが、ここでは食事や酒が饗《きょう》され、都に館を持たない者は、宿泊することも許されている。戴冠式《たいかんしき》のような国家的行事や盛大な祝宴《しゅくえん》などが催《もよお》される大広間、黄金の間からもっとも離れた一角にあるのは、この部屋を主に利用するのが青年貴族たちだからだ。

いつの時代も若者は、自由闊達《かったつ》で時に放埓《ほうらつ》に走る傾向がある。ここで酒を過ごすうちに、若者たちが羽目《はめ》をはずし、放歌高吟《ほうかこうぎん》はまだしも大金を賭《か》けての賭博《とばく》、喧嘩《けんか》騒ぎや決闘沙汰《けっとうざた》もめずらしいことではなかった。

国王に堅苦しいとまで評されるエドガルドが、青銅の間に足を運ぶことは稀《まれ》である。彼が普段利用するのは、白銀の間である。ここは、宮廷での役職についている貴族や妻帯者たちに解放された部屋だ。もっとも、白銀の間を利用する資格がある者でも、青銅の間で寛《くつろ》ぐ者は多い。そのなか、エドガルドが青銅の間を好まぬことは、宮廷中に知れ渡っていた。それを、真面目《まじめ》すぎると嗤《わら》うか、高潔《こうけつ》と称《たた》えるかは、それぞれの受け取り方だろう。

エドガルド自身、陰でどのように自分が噂《うわさ》されているかは知っていた。だが、彼は噂そのものに無頓着《むとんちゃく》なところがあった。

――自分の心の裡《うち》は、誰にもわからない。また、誰にも気取《けど》られたくない。

それは、王国でも一、二を争う大貴族、クレイヴン侯爵家の嫡男である矜持《きょうじ》があってのことだ。

エドガルドには二人の弟がいた。

末の弟、エルリックは侯爵家に生まれながら、継ぐべき爵位も領地もなかった。そのため、幼い頃から剣の腕を磨《みが》き、騎士として国王陛下に仕《つか》えている。この道で武功を立て、領地なり爵位なりいただければどれほど幸せだろう。

また、すぐ下の弟エミールは、すでに男爵位《だんしゃくい》を継ぎ、宮廷に伺候《しこう》することを許されている。が、彼の領地は決して豊かではない。領地経営は困難を極め、父侯爵が経済的援助を与えることで、どうにか貴族の体面を保っている状態だ。

二人の弟のことを思うと、エドガルドは自身の幸運にかすかな痛みを覚えるのだった。罪悪感まではいかないが、一種の自責だ。

同じ父母をもち、クレイヴン侯爵家の所領でなに不自由ない幼少期を過ごし、兄弟仲も悪くはない。だが、生まれた順番が違うだけで、その未来に待ち受けているものは、大きく隔たっていた。

もちろん、生まれた順番で生《しょう》じる義務と責任も大きく違う。だが、長男として生まれた自分がどれほど恵まれているか、エドガルドは理解していた。

いま、青銅の間に会いに行くのは、すぐ下の弟、エミールだ。

最近の彼は、なにか理由をつけては都にやってきては、城に逗留《とうりゅう》する。ここにいれば、寝床と食事の心配はしなくてすむ。息子がみすぼらしい格好《かっこう》をしていては、侯爵家の体面に傷がつくので、父侯爵はそれとなく金を渡しているようだ。

それをエミールの我《わ》が儘《まま》と捉《とら》える者もいれば、父侯爵の甘やかしだと捉える者もいる。

その両方だと、エドガルドは思っているが、口に出して非難はできなかった。

エミールが、十八歳で受け継いだ男爵領は全体の七割が山と川で、土地も痩《や》せている上、これといった産業もない。地理的にも重要な地域ではないので、打ち捨てられたような場所だ。

はじめこそ、熱心に領地を治めようとしていたエミールが、いまではどこか投げやりになっていることが、エドガルドには心配でならなかった。

何年もの間、報《むく》われぬ努力を続けてきたのだ。嫌気もさすだろう。だが、その苦労も今年限りだ。来年になれば、新しい展望が開けるはず。

それを思えば、今年一年、気儘《きまま》に遊び暮らすのも悪くはないだろう。来年になれば、新たな責任と義務を背負うことになるのだから。

そのようなことを考えながら、薄暗く人気《ひとけ》のない長い廊下を、エドガルドは歩いていった。

暦《こよみ》の上では春だったが、今年は雪が多かったせいか、いまだに肌《はだ》寒い日が続いている。

高い天井に響く自分の足音が、かえって寂《さび》しく聞こえた。

最初の角を曲がると、遠くから楽しげな笑い声が聞こえてきた。次の角を曲がると、おいしそうな料理の匂いと薪《まき》の燃える匂い、そして温かな空気を頬《ほお》に感じた。

開け放たれた青銅の扉、そこから明るい光が廊下に長く伸びている。

若々しい声が、エドガルドの耳にまで届く。

「おお、哀《あわ》れな哀れな、エミール・エラリー・エルバード・ヴァン・クレイヴンよ！」

どっと笑い声が起こった。弟が嘲笑《あざわら》われている？　そう思ったエドガルドは、足を速めた。

戸口で立ち止まり中を窺《うかが》えば、輝くようなエミールの笑顔があった。

エドガルドは安堵《あんど》の息をついたあとで、自分が要らぬ心配をしたと思った。

エミールを嫌う者が、この宮廷にいるはずがない。

亡き母の美貌を受け継いだエミールを、宮廷では、薔薇《ばら》の貴公子と誉めそやしていた。

燦然《さんぜん》と輝く金の髪、宝石を思わせる青い瞳《ひとみ》、きめの細かい肌は、ほどよく日に焼け健康的だ。

背が高くすらっとしているが、脆弱《ぜいじゃく》な印象はない。肩幅があり胸板《むないた》が厚いおかげだ。

男爵位を継ぐまでは、華奢《きゃしゃ》で線の細い少年という印象が強かったが、領地での苦労がエミールにしなやかな筋肉を与えたのは間違いない。

身長こそ、エドガルドが勝っていたが、全体の印象では、エミールのほうが逞《たくま》しく見える。

もちろん、幼い頃から騎士になるべく訓練を積んだ末の弟のエルリックには及ばないにしても、エドガルドもエミールも弱々しくは見えなかった。

見た目が好もしいだけでなく、エミールは洒脱《しゃだつ》な会話と気品のある振る舞いでも、人々の憧《しょう》憬《けい》を集めていた。

宮廷を彩る美姫《びき》たちが、エミールの心を射止めようと競い合っているのは、誰知らぬことではなかった。

一夜の戯《たわむ》れに華を摘んだ噂も時たま聞こえてくるが、一夜限りの恋だとしても、誰もエミールを恨まないのは、彼自身が宮廷一の華だからだろう。

エミールの周りは、いつも人と笑い声で溢《あふ》れていた。

エドガルドは、自分に似たところのある真面目《まじめ》なエルリックを可愛《かわい》がっていた。だが、エミールに対する感情は、それとは少し違っている。

彼にとって、エミールはひとつの理想だった。

エドガルドは、すぐ下の弟をなによりも誇らしく思っているのだ。

「我らが親愛なる友、エミール・エラリー・エルバード・ヴァン・クレイヴンの哀れな身の上を、さあ共に嘆き、この杯《さかずき》を空けようではないか」

口上を述べる青年に賛同するかのように、青銅の間にいたほとんどの若者たちは、杯を翳《かざ》し、再び弾けるように笑った。

「乾杯」の掛け声とともに、一同は杯を一息で干すや、口々に「同情するぞ」「いつか、いいことがあるさ」「仕方がない」などと、エミールに慰《なぐさ》めの言葉をかける。

エドガルドは、気配を殺し青銅の間に足を踏み入れながら、内心首を傾《かし》げた。

なぜ、エミールほどの若者が、皆に同情されたり、慰められたりする必要があるのだろう。

だが、この疑問は、先程の青年が次に述べた口上で、簡単に解けた。

「さあ、次はアリアン・リステル嬢のまたとない幸運に、杯を捧げようではないか」

また、いっせいに笑い声が上がった。だが、そこにはエミールに対するものとは違い、明らかな愚弄《ぐろう》が混じっていた。

「彼女の潤沢《じゅんたく》な金、銀、財宝に！」

エミールを取り巻くほかの男が、声を張り上げた。

「商人の娘の分際で、男爵夫人に成り上がる、その強運に！」

また、一人が叫んだ。

「宮廷の得がたい華を買った、彼女のまたとない美貌に！」

嘲笑が湧き上がる。

「サイラスの子豚姫に！」

誰かが諫《いさ》めた。

「姫はまだ早い。エミールと結婚するまで、あの娘は商人の娘だ」

「そうだったな。それでは、サイラスの子豚嬢に乾杯！」

「乾杯！」

若者たちは、また一息で酒を呷《あお》る。

エドガルドは、気分が悪かった。

サイラスの子豚嬢と嘲笑われている娘を、よく知っていたからだ。

――アリアン・リステル。

それは、エミールの許嫁《いいなずけ》の少女だ。

来年、彼女が十八歳の誕生日を迎えたのち、エミールのもとへ嫁《とつ》ぐことが決まっているのだ。

この時代、親が子供の結婚を定めるのは、当たり前のことだった。

アリアン・リステルは早くに両親を亡くし、その事業は叔父《おじ》のサイラスに引き継がれた。

サイラスは、若い頃から冒険家として知られていた。

アリアンの父、マートの経済的支援を受け、はるかな東洋に向けて船を漕《こ》ぎ出したのは、まだ二十歳になっていなかったと聞いている。

彼が未知の海を旅し、ついにセラウィン帝国に辿《たど》り着いたのは、ブノス王国を離れて半年後のことだったそうだ。

彼は、極上の絹《きぬ》と素晴らしい珊瑚細工《さんございく》で船を満たし、ブノスに帰還を果たした。

このときの荷が、リステル商会の今日の隆盛を築いたといっても過言ではない。

その後も、サイラスは旅を続け、様々な国と交易を成し、次々に新しい海路を開拓した。

冒険家サイラスは、若者たちの憧れだった。

彼だけが知る異国の事物や風習、旅の過程で彼が遭遇《そうぐう》した事件や出来事。

それは、胸躍る物語だった。

セラウィン帝国では、時たま大地が揺れるという。それ自体、不気味な話だが、時として激しく揺れるあまり、大地が裂け、人を飲み込むというのだから、恐ろしいではないか。

南方のキズボウキョウという国には、人の言葉を話す極彩色の鳥がいるというし、コゾリという島には、子馬のように人を乗せることができる、大きな亀がいる。

大人のなかには、それをほら話だと頭から信じない者もいた。

サイラスをほら吹き、嘘つきと貶《おとし》める大公殿下に、彼がその大亀を献上《けんじょう》した話は有名だ。

それでも、サイラスを信じない者はいる。だが、若く血気盛んな若者にとって、サイラスは存在そのものがロマンだった。

エドガルドの父、クレイヴン侯爵もそういった支持者の一人だった。

サイラスより年長の侯爵は、彼を擁護《ようご》し支持する筆頭だった。

侯爵の口添えで、国王陛下との謁見《えっけん》を果たしたのちは、サイラスをほら吹き、嘘つきと貶める者は、表面上いなくなった。

進取の気風を持つ侯爵は、サイラスを親友と呼んで憚《はばか》らなかった。

サイラスもまた、侯爵を血の繋がらない兄と慕った。

その彼が、未知の国への航海をやめたのは、アリアンのためだった。

不慮の事故で命を落としたサイラスの兄夫婦が、この世に残した一粒種の娘、それがアリアンだった。

サイラスは船を下り、冒険家から商人になった。リステル商会の経営に携わり、姪《めい》のアリアンを心をこめて育てた。

初めてエドガルドがアリアンを見たのは、彼女が七歳のときだ。

サイラスは、冒険家としては優れていたかもしれない。商人としての才覚もあったのかもしれない。だが、子育てに関してはずぶの素人《しろうと》だった。

サイラスは、アリアンを可愛がるあまり、彼女が欲しがるものはなんでも与えた。服や玩具《おもちゃ》、花や宝石。

そして、幼いアリアンがもっとも欲しがったのは、甘いお菓子だった。

七歳のアリアンは、赤ん坊のようにむくむくと太っていた。

柔らかそうなピンクの頬《ほお》、笑うとその頬にクリームをつついたようなえくぼが浮かぶ。うなずくと小さなあごは、肉に埋もれ、首が見えなくなった。手首は細い紐《ひも》でくくっているかのようにくびれ、素晴しい東洋の絹地で作られたドレスはお腹の辺《あた》りが今にもはちきれそうだった。

サイラスは、そんなアリアンを「僕の子豚ちゃん」と呼んでいた。普通なら、悪口にしか聞こえない呼び名が、なぜこんなにも優しく聞こえるのかと、エドガルドは首をかしげたのを覚えている。

だが、すぐに気づいた。

サイラスは心からアリアンを愛している。だから、「子豚ちゃん」という呼びかけも、優しく響《ひび》くのだと。

アリアンと七つ違いのエミールは、ただサイラスを真似《まね》てアリアンを子豚ちゃんと呼んだ。生真面目《きまじめ》なエドガルドとエルリックはそんなエミールに、眉《まゆ》をひそめた。

サイラスは、そんな二人を面白《おもしろ》がった。

「どうしてそんな顔をするのかな？　僕が悪口を言っていると思っているのかい？　それは、君たちの思い違いというものだよ。君たちは子豚を見たことがあるかな？」

遠くから見かけたことはあるが、牛や羊と違って、はっきりとは姿を思い描くことができなかった。正直に、間近で見たことはないと答えると、サイラスは身体を揺すって笑った。

「君たちは、偏見に懲《こ》り固まっているよ。グネイアン諸島では、猫や犬を可愛がるように、豚を可愛がっているんだよ。グネイアン諸島に生息《せいそく》する豚はね、それは素敵なピンク色をしているんだ。睫《まつげ》が長くてね、金色だ。それに綺麗《きれい》好きで、自分の周りを常に清潔に整える。だからね、若くて綺麗な女の人を、子豚ちゃんと呼ぶのは最高の褒《ほ》め言葉なんだよ」

そう言われても、すぐには信じられなかった。

「今度、機会があったら、豚をよく見てごらん。僕の言葉が納得できるはずだから」

その数日後、エドガルドはエルリックを連れて、わざわざ豚を見るために出かけていった。

近くで見る豚は、思っていたほど太ってもいなければ、醜《みにく》くもなかった。むしろ優しいピンクの肌は真っ白な体毛で覆《おお》われ、サイラスの言葉通り、睫は長く金色だった。

しかし、アリアンが子豚に似ているとは、エドガルドには思えなかった。

だが、どこかで見たことがある。そう感じた。

いつ、どこで見たのか思い出せなかったが、アリアンを以前にも見たような気がしてならなかったのだ。

その答えは、王都リンスにあった。

都の大聖堂のタペストリーに、エドガルドはアリアンを見つけた。

タペストリーには、神の慈愛を伝える逸話《いつわ》が描かれていた。

砂漠をさすらう信徒の下へ、天の泉から水を運ぶ天の御遣《みつか》い。

天の御遣いは、赤ん坊の姿で描かれていた。

むくむくと太った全身、健康的なばら色の頬。

そしてなによりもアリアンに似ているのは、金色の巻き毛だった。

淡い金髪は、くるくると渦《うず》を巻き、薔薇色の頬を包み込んでいた。

「これは、アリアンにそっくりじゃないか！」

その指摘は、エドガルドの口から出たものではなかった。エミールだった。

エミールが、タペストリーを指差し、そう言ったのだ。エミールの言葉に、エルリックも本当だと、うなずく。

父は、エミールの観察力を褒《ほ》めた。

エドガルドは嬉しかった。エミールと自分が、同じことに気づいたことが嬉しかった。

次にサイラスが侯爵家を訪れたとき、エミールの発見が話題になった。

サイラスは、喜びを隠しきれない様子で、エミールにこう言った。

「僕の子豚ちゃんを、天の御遣いとまで言ってくれたのは、君が初めてだよ。エミール、ありがとう」

エミールは、憧れのサイラスに感謝されたことに目を輝かせていた。

それを見ていた父侯爵が、唐突にこう言ったのだ。

「サイラス。君の可愛い姪を、エミールの花嫁に迎えたいと思うのだが?」

サイラスは、少し驚いたようだがすぐに承諾した。

「ありがたい。これで僕の肩の荷が、少しは軽くなりました」

国王陛下に謁見が許されたとはいえ、サイラスは貴族ではない。

いくら階級間の隔たりが少ないブノスとはいえ、侯爵家の次男坊、それも男爵位を継ぐ令息に、商家の娘を娶《めあわ》せるのは、破格のことだ。

だが、長じるに従いエドガルドは、大人たちの思惑を理解した。

エミールが受け継ぐ領地が、豊かではないことを誰よりも知っているのは、侯爵だ。侯爵は、愛する妻の面影を色濃く受け継いだエミールを、常に心にかけていた。

そのエミールに、莫大《ばくだい》な持参金つきの花嫁を迎えることで、安楽な生活を与えたかったのだろう。サイラスはサイラスで、両親を亡くしたアリアンが男爵夫人になることは願ってもいないことだったに違いない。

自分がなくなった後も、アリアンにはクレイヴン侯爵家という、立派な後ろ盾《だて》ができるのだから。

こうして、二人の婚約が整ったのは、エミールが十四歳、アリアンが七歳のときだった。

それから、十年近い歳月が流れ、二人はもうじき夫婦となる。

政略結婚ではあったが、めずらしいことではない。貴族であれば、当たり前のことだ。

それよりも、アリアンと結婚することで、エミールは苦しい領地経営から開放されるのだ。

それを思えば、保護者たちの取り決めを感謝しているに違いない。

いまのいままで、エドガルドはそう信じていた。

だが、エミールの気持ちは違っていたらしい。

エドガルドのすぐ下の弟は、自分の婚約者がひどい言葉でからかわれているというのに、それを咎《とが》めるどころか、一緒になって笑っているのだ。

あまり愉快なものではなかった。

アリアンを知っているだけに、その思いは強かった。

亡き母の言葉が、耳によみがえる。

『エドガルド、いつかあなたも素敵な花嫁を迎えるのでしょうね。アリアンのような子がどこかにいないかしら……』

母は、アリアンを実の娘のように可愛がっていた。

『娘が欲しかったのよ。エルが女の子だったら……と、考えたこともあるわ。エルには内緒よ。でも男の子でよかったわ、あんなに手足が大きいのですもの。あの子は、きっと大柄に育つはずよ』

エドガルドは、近くにいた若者に声をかけた。

「君、なぜエミールの許嫁の件で、こんなに騒いでいるのだ？」

破廉恥《はれんち》にも、と言葉を続けたかったのだが、楽しく飲んでいた自分に話しかけてきたのがエミールの生真面目な兄であることに気づくと、その若者はひどく慌てながら、顔を引きつらせた。それを見て、きつい言葉はやめたのだった。

「エ、エドガルド様」

「君たちは、誰もアリアン嬢を見たことがないと思うのだが？」

「あの、いいえ……、それが、以前からエミールから、話だけは聞いていましたし、それに……」

「それに?」

歯切れの悪い若者に、エドガルドはその先を促した。

「先日、顔を見る機会がございましたので」

「いつ、どこで?」

「あの、リステル商会で、偶然……」

「偶然?」

「ええ、あの、……皆で見に行ったのです。エミールの言うとおりの外見なのかと気になって」

「それは、偶然とは言わないだろう」

若者の顔が青くなる。

「申し訳ございません」

「いや、君が謝る必要はない」

そこで、エドガルドはようやく気がついた。自分たちの周囲が、しんと静まり返っていることに。

エドガルドは、若者から目を離し、周りに目を向けた。

つい先程まで、あれほど騒いでいた青年貴族たちは、思いがけない闖入者《ちんにゅうしゃ》に気づき、戸惑っているようだった。

そう、まるで幼い子供たちが、大人に悪戯《いたずら》を見つかったような表情ではないか。

エドガルドは、言葉に出しこそしなかったが、少しだけ安堵した。

この無軌道で傍若無人《ぼうじゃくぶじん》で知られる青銅の間の常連たちも、若い女性を愚弄《ぐろう》し、嘲笑する言動が、品位を求められる貴族にとって恥《は》ずべき行為だということは知っているのだ。

「兄上」

涼しい声が、その場の不自然な静寂を破る。

「お久しぶりです。お元気ですか」

エミールは、口元に美しい笑みを浮かべ、一歩前に出た。

「明日は、セラウィン帝国にお出かけになると伺っております。それも、国王陛下の名代として」

エミールは微笑んでいる。だが、どこか張り詰めた緊張感があることにエドガルドは気づいていた。

弟の宝石のように煌《きら》めく青い瞳が、どこか冷淡なことにも。

「ああ、出立の前に、おまえの顔が見たくてやってきたんだよ。元気か？」

「ええ、このとおり元気です。兄上こそ、いかがです？」

「ああ、ありがとう。健康には普段から、留意しているので、大丈夫だ」

「それは祝着至極《しゅうちゃくしごく》。航海でもっとも必要とされるのは、知性でもなければ、財産でもない。健康な身体と幸運だけですから」

「ああ、そうだな」

答えながら、エドガルドはひどく居心地《いごこち》が悪かった。

愛する弟と話しているはずなのに、なぜか寒々とした気分だ。

「エミール、少し二人きりで話がしたい。庭に行かないか?」

エドガルドがそう言うと、エミールはほんのわずかではあったが、肩をすくめた。それが、ひどく不愉快だった。

そして、彼は言った。

「仰《おお》せのままに。未来のクレイヴン侯爵様に逆らえるのは、王家の方だけでしょう」

その嫌味《いやみ》な口ぶりが、エドガルドには不愉快でならなかった。

## 2

「エミール、感心できないな」

日が暮れかかった庭園で、エドガルドは愛する弟を優しく窘《たしな》めた。

「ご婦人を面白《おもしろ》おかしく噂《うわさ》するなど、爵位《しゃくい》にある者にふさわしい言動とは言えまい」

だが、兄の率直な言葉に、弟が返したものは冷笑だった。

「兄上、説教ですか？　でも、相手を間違えていらっしゃるようですね。あそこで口上を述べていたのは、僕ではありませんよ。ライザー卿の息子、ティーボルドだ。兄上のありがたい説教は、彼に聞かせてやってください」

「エミール、彼に意見するのは、私ではなかろう。おまえこそが、あの場で彼の口をふさぐべきだったのだ。違うか？」

「どうでしょう？　愚《おろ》かな僕にはわかりかねます」

「エミール、なにを言っている？　おまえのどこが、愚かなのだ？」

エドガルドが本心からそう言うと、エミールは決まり悪げに、目を逸《そ》らした。

「アリアンは、おまえの許婚《いいなずけ》なんだぞ。それも国王陛下のご承認をいただいた、正式な婚約者なんだぞ。そのアリアンが嗤《わら》われていたのだ。おまえが彼女の名誉を守らずに、誰が守ってくれるというのだ」

「兄上、あなたは間違っておられる」

エミールは、どこか遠くを眺《なが》めながら、言葉を続けた。

「彼らが嗤っていたのは、アリアンだけではない。彼らが本当に嗤っていたのは、この僕なんですよ。自力で領地の経営も満足にできず、爵位を得たいまでも、父上の温情に甘え遊び暮らしている、この僕を嘲笑《あざわら》っているのです」

エドガルドは、エミールの話す内容よりも、その熱のない口調にぞっとするものを感じた。以前に比べれば、顔を合わす機会も減ったとはいえ、仲がよいと評判の兄弟だ。二月と空けず、食事や酒をともにしてきた。それなのに、このようなエミールを、エドガルドは知らなかった。いま目の前にいる弟は、荒《すさ》んだ雰囲気《ふんいき》と、どこか疲れた表情があった。

「なぜ、そうやって自分で自分を貶《おとし》めるのだ。私は、おまえの今日までの努力を高く評価している。たしかに、これといった結果には到らなかったかもしれない。だが、結果だけが大切なのか？　そうであるまい、それまでの真摯《しんし》な努力こそ、評価に値するのではないかな？」

エミールの視線が、再びエドガルドの顔に戻ってきた。残照を受け、青い瞳《ひとみ》は神秘的な色合いに輝き、エドガルドは暫《しば》しその瞳に囚《とら》われた。

「兄上は幸せなお方だ」

エミールはため息混じりにつぶやいた。

「あなたは、この世に生を受けたときから、高貴に包まれていらっしゃる。未来の侯爵位が約束されているだけでも恵まれていらっしゃるのに、語学に秀で聡明でいらっしゃる。努力を厭《いと》わず、常にご自身を律し、貴族の一員としてふさわしい容姿と風格をお持ちだ。国王陛下の覚えめでたく、側近として重用されていらっしゃる。兄上には想像もつかないでしょう。挫折《ざせつ》というものを。それが、どれほど人の心を腐らせてしまうかを」

「エミール、なにを言うんだ。たしかに、私は人より恵まれている。それは否定しない。だからといって、努力を怠《おこた》ったことはないつもりだが」

「ええ、それすらも恵まれているとは、お思いになったこともないでしょう。わかりますか？ 努力と結果が釣り合わない無念さが。なぜ、あなたと僕は兄弟で生まれたのでしょう。なぜあなたと僕は二つしか、年が離れていないのでしょう。あなたがやすやすとこなすことが、僕にはどれほど難しかったか。あの頃、僕はまだ純真で無邪気《むじゃき》でした。兄上のなさることが皆、輝いて見えた。誇らしい思いとともに、自分も兄上と同じ年になりさえすれば、負けないだろうと信じることができた。むしろ、兄上と一緒に習い始めたものは、僕のほうが二年早く始めたのだから、兄上をしのぐだろうと信じていたぐらいです。だが、結果は？ この僕に、兄上に勝るなにがあるというのですか？」

エミールの告白に、エドガルドは信じられない思いでいっぱいだった。

誰よりも神に愛された弟。

エドガルドは、いまもそう思っている。

その弟が、自分を羨《うらや》んでいるなどと、考えてみたこともなかった。

エミールは、常に人に囲まれ、人を魅了した。彼はその場に華やぎをもたらし、快活な空気を作り出した。エドガルドは、そんな弟を誇らしくこそ思いはすれ、羨《うらや》んだことも、妬《ねた》んだこともなかった。

「おまえが苦労したことはよく知っている。だが、それもあと少しの辛抱《しんぼう》ではないか。アリアンと結婚すれば……」

「またそれだ！　結婚すれば⁉　結婚すればなにが変わるというのです？　なにも変わらない。保護者が変わるだけだ。いままでは父親に養ってもらい、これからはアリアンに養ってもらう。それだけだ。いや、違うな。父上は無償の愛で、僕を養ってくださった。だが、アリアンは僕を養うことで、貴族の仲間入りができるんだ。知っていますか？　兄上。あの娘は、すでに僕の妻として振る舞っているようですよ。サイラス商会を訪ねた僕の友人たちを、高慢《こうまん》ちきにもごみ屑《くず》のように追い払ったそうだ。こんなことが許されますか？　アリアンはまだ、貴族じゃない。僕の妻となるまでは、ただの商人の娘なんですよ⁉」

エドガルドは、内心うろたえていた。エミールが、これほどまでに感情を剝《む》き出しにし、大声を上げるのを初めて目にした。

薔薇《ばら》の貴公子と称《たた》えられる弟が、これほどの鬱屈《うっくつ》を抱《かか》えているとは想像すらできなかった。

「エミール、婚約を破棄《はき》したいのなら、私から父上に進言するが?」

エドガルドは、エミールの苦しい心情を察し、おずおずと口を開いた。

「嬉しいお申し出、心から感謝いたします」

エミールは、左の足を引き、右の膝《ひざ》を折り、優雅に一礼した。

「しかし、兄上。遅すぎます。兄上も先程おっしゃったではありませんか? 国王陛下の正式な承認をいただいた婚約だと。どうして、僕から婚約破棄など言い出せますか? 婦人側からの申し出ならまだいい。だが僕は男です。これは、名誉に関わる問題です。一度、婚約しておきながら、どうして僕のほうからそんなことを言い出せます? 国王陛下に、婚約破棄の理由を問われたとき、なんと答えればいいのです? 自尊心が傷つくと? 醜《みにく》い花嫁が嫌だと? それとも、金で己《おのれ》を売り渡すのが嫌だと?」

エドガルドは口を硬く引き結び、エミールをただ見つめることしかできなかった。

頭に浮かぶのは、なにがいけなかったのだろう、なにがエミールをここまで追い詰めてしまったのだろうという疑問だった。そして弟を思う胸は、太い錐《きり》で突き刺されでもしたように、ずきずきと痛んだ。

「もう僕のことなど放っておいてください。アリアンを妻に迎えた後は、僕が宮廷を訪れるこ

とも二度とないでしょう。領地に引きこもり、田舎《いなか》貴族として一生を終えるつもりです」

なぜ、とエドガルドは尋ねたかった。だが、エミールが妻に養われる境遇を恥じての決意だと思い至り、黙り込むしかなかった。

「兄上、お話はそれだけですか？　それでは、僕はこれで失礼いたします」

弟が踵《きびす》を返し去っていくのを、エドガルドは引き止めることもできず、苦い思いで見送るのだった。


サイラス商会は、都の目抜き通りに店を構えている。

三階建ての堂々とした建物だ。一階は、輸入家具や装飾品を扱う店。二階は外国との貿易を行うための事務所、三階は倉庫となっている。

エドガルドが店に着いたときは、すでに店仕舞いのあとだった。どうしようかと思いあぐねていると、初老の男が出てきた。厚い防犯用の樫《かし》の戸をしっかりと閉め、錠を下ろす。鍵を預かっているからには、サイラスに信頼されている人物なのだろう。そう思ったエドガルドは、相手が警戒しないよう、少し離れたところから、声をかけた。

「もう店仕舞いなのかな」

声をかけられた男は、「申し訳ございません」と答えながら振り向いた。

初老の男は、サイラス本人だった。

一刻後、エドガルドはサイラスと夕食を済ませ、酒を酌《く》み交わしていた。

「エドガルド卿」

サイラスが、緊張した面持《おもも》ちでエドガルドの名前を呼んだのは、カナルサリの砂漠には、砂の川が流れているという不思議な現象について話し終えたあとだった。

「エミール卿のことで聞きたいことがあるのです」

幼い頃、胸躍る異国の冒険譚《たん》をねだるままに語ってくれた男は、エドガルドが子爵《ししやく》となった日を境に、敬語を使うようになった。

「なんでしょう」

「エミール卿は、アリアンとの結婚を厭《いと》わしく思っているのではないでしょうか」

エドガルドは一瞬、凍りついた。正直、サイラス商会までやってきたのは、深い思惑があってのことではなかった。

いまさら、婚約を破棄できない以上、せめて弟の憂《うれ》いを取り除いてやりたいと思い、もしアリアンがいれば、結婚式を挙げるまでは自分の立場を弁《わきま》え、おとなしくしていること。エミールの友人を蔑《ないがし》ろにすることは、エミール自身を蔑ろにするのと同等な行いであると、諭《さと》すつもりでやってきたのだ。もっとも、アリアンがコッツロイ村にある屋敷を離れ、都の店舗に顔を出すことはめったにないと聞いている。だから、アリアンがいない場合は、彼女がエミールの友人にどのような振る舞いをしたのか、店員からでも聞きだすつもりだった。

ところが、よりにもよってサイラス本人に出くわしてしまった。

これでは、なにも聞き出せないと諦《あきら》めていたのに、そのサイラスが話を切り出したことに、エドガルドは幸運と喜ぶよりも、かえって当惑した。

サイラスがこのような質問をするからには、なにか理由があるに違いない。

「サイラス殿、なぜそのように思われるのです?」

「先日、エミール卿のご友人方が、私の店においでになったのです」

そう言うとサイラスは、握り締めていた杯を一息で呷《あお》った。

「あれはあんまりです。貴族の若君が、若い娘をからかうのはたしかによくあることだ。だが、そういった若君は普段から評判のよろしくない方が多い。エミール卿のご友人方がそのような不品行な若君とは私は思いたくないのですよ。でも、あれはあまりにひどい」

おやと、エドガルドは眉を寄せた。自分が聞いた話とけ、どこか食い違っている。

「弟の友人たちは、いったいなにをしたのですか?」

「ご存じないのですか?」と、サイラスは悔しそうに奥歯を嚙《か》み締めた。

「申し訳ない。しばらく忙しくしていて、城の奥で過ごしていたので………」

「一昨日《おととい》のことです。アリアンは、エミール卿が王城に滞在なさっていると聞き、縫い上げたばかりの胴着を持ってきたのですよ。エドガルド卿もご存知でしょう? アリアンが裁縫の腕にかけては、右にでる者がいないことを」

サイラスの言うとおりだった。エミールが身に着けるすばらしい衣装の中でも、とりわけ目を惹《ひ》くものは、そのほとんどがアリアンの手によるものだった。

「もちろん、アリアンは王城へなど滅多《めった》なことでは入れません。あらかじめ手紙を書き、従者の方に取りに来ていただくようお願いしたのです。そうしたら、従者とともにやってきたのが、五人の貴族の若君でした。彼らは、店の中央でアリアンを囲《かこ》み、まるで馬の品定めでもするようにじろじろと眺めまわした挙句、大声で笑い出したんですよ。我が国では、美男美女を『金の王子、薔薇の姫』と称えるではありませんか。彼らはそれを引き、こう言ったのですよ。『薔薇の王子と銅の姫』と」

金が最上を意味するのだから、銅に喩《たと》えたのはアリアンを貶《おとし》めてのことだ。

エドガルドは、苦い思いに顔を歪《ゆが》めた。これは侮辱《ぶじょく》に他ならない。面と向かって侮辱を受け、愛想《あいそ》よく振る舞える者がいるだろうか。

「アリアンはそれでも我慢しましたよ。我慢して、礼儀正しく振る舞いました。だが、彼らはアリアンがなにを言っても、からかうだけで」

次の日、サイラス商会の店員からエドガルドが聞きだしたところ、アリアンがなにか一言話すたびに、エミールの友人たちはこう囃《はや》し立てたそうだ。

『子豚が人間の言葉を話しているぞ』と。

アリアンは、自分がエミールの婚約者であることを、言葉を選びそれとなく匂わせたのだが、彼らは敬意を払うどころか、さらにひどい言葉で彼女を詰《なじ》ったのだった。

『おお、ついうっかりその事実を忘れておりました。未来の男爵夫人。なんでもあなたの価値は、その身と同じ重さの金と同等だとか？』

するとそれを受けてもう一人の若者が、驚いたようにこう言ったのだ。

『なるほど、それであなたは薔薇の貴公子に少しでも多く金をもたらすため、たゆまない努力をなさっているのですね』

さすがにこの揶揄《やゆ》には、アリアンも耐えられなかったらしい。彼女は、怒りのあまり上気した頬に、悔《くや》し涙をぼろぼろ零《こぼ》しながら、『出て行って！』と叫んだそうだ。

確かに、結果だけ見れば、エミールが言ったとおり、彼の友人たちを追い払ったかもしれない。だが、その過程を見れば、非難されるべき相手が誰なのかは、明白だった。

このとき、サイラスはことの一部始終を話しはしなかった。

兄夫婦が亡きあと、手塩にかけて育ててきた姪を、これほどまでに馬鹿にされたのだ。それを自分の言葉で再現できないのは、身内として当たり前の感情だろう。

詳細を聞いたわけではなかったが、サイラスの話だけでも、エドガルドが憤慨《ふんがい》するには十分だった。

「エミールは、それを知っているのだろうか」

「それとは？」

「自分の友人たちが、アリアン嬢をからかったことをだ」

「エドガルド卿、失礼ですがあなたは考え違いをなさっている。わたしがなによりも問題だと思うのは、彼らがエミール卿の友人だということです。あの時、彼らを案内してやってきた従者の小僧も、一緒になって笑っていた。ありえますか？　自分の主人の婚約者ですよ。それが侮辱されているのをみれば、主人の代わりに剣を取って、婚約者の名誉を守るのが務めではありませんか。なのに、あの小僧は嗤っていた。これだけ話せばおわかりでしょう」

　サイラスがなにを言いたいか、エドガルドには理解できた。だが、うなずくわけにはいかなかった。

「従者は、主人を映す鏡と言うではありませんか。従者をどのように躾《しつけ》るかで、その主人の器量もわかるというものです。もし、あの場にエミール卿が居合わせたとしても、同じことだったでしょう。従者と一緒になって、アリアンを嗤っていたことでしょう」

　エドガルドは、サイラスの言葉を否定できなかった。エミールの本心を耳にしたばかりなのだから。

「エドガルド卿、わたしはアリアンに幸せになってほしいのですよ。それだけが願いなのです。アリアンを大切にしてくれる方であれば、それで十分なのです。確かに、私どもは高貴な血筋《ちすじ》の方からみれば、取るに足りない存在でしょう。でも、同じ人間なんです。心があるのです。侮辱されたり、軽んじられれば傷つくのです。どうか、本当のことを教えてください。エミール卿は、この婚約を悔やんでいらっしゃるのではありませんか？」

そうだと言ってやるのは簡単だった。だが、エドガルドが一言そういえば、この婚約は破棄されるだろう。サイラスはそういう男だ。

なにも恐れず、自《みず》ら正しいと思ったことを、必ずやり遂げる男なのだ。

彼は、アリアンに幸せになってほしいと言った。そのためならなんでもするだろう。庶民であることに頓着《とんちゃく》せず、国王陛下に婚約の破棄を申し出ることだろう。

エミールが、それを望んでいることは知っている。だが、それは感情を重視した場合だ。

彼の領地からは、満足な収益は上がらない。

城を維持するのがやっとだという話ではないか。

エミールに必要なのは、潤沢《じゅんたく》な資金だ。資金さえあれば、牛や馬を買うことができる。羊をたくさん育て、刈った毛で質のいい毛織物を作るようにすればどうだろう。工房を作り、領民を職人に育てるのだ。仕事を与えるのだ。

うまくいけば、土地に根ざした産業になる。

それには、何よりも金が必要だった。アリアンの莫大な持参金が必要なのだ。

自分の一存で、答えられる話ではない。

「あいにく、私はこの二カ月ほど、エミールと話す時間もなかったのですよ。どうか、その件は父とお話しいただきましょう」

　このとき、サイラスの瞳が悲しげに曇《くも》ったことを、エドガルドは一生忘れられなかった。


　それから数日後、エドガルドは港にいた。

　セラウィン帝国へと向けて旅立つ朝だった。

　初めて大任を任された、嫡男の晴れの門出を祝うため、クレイヴン侯爵は早朝にもかかわらず、末の弟エルリックを伴い、港まで見送りに出てきていた。

　エドガルドは、父侯爵のその気遣いが嬉しかった。

「気をつけるのだぞ。セラウィンは遠い。船での長旅は、慣れるまでが大変なのだ。どこにも逃げようがないからな。少しでも疲れたと感じたら、すぐに横になるのが一番だ」

「わかっております。父上」

「よいな、日課などというものは、身体さえ大丈夫なら、あとでいくらでも遅れを取り戻せるのだからな。辛いときは、放っておくがいい」

「心得ました、父上」

「特に水には気をつけろ。腹を壊せば、それだけ体力が奪われるのだから。水が臭いと感じたら、口にするな。そういうときは、葡萄酒《ぶどうしゅ》を飲んでいればいいんだぞ」

「必ずそのようにいたします、父上」

「おまえは幼い頃から、なんでも人よりできてしまうから、私は心配なのだよ。できて当たり前、できない者の気持ちを理解してやれない。そんなことでは、国の政《まつりごと》に携わる人間としては失格なのでしょう？　父上」

口を挟んだのは、エルリックだった。

「エル、話の腰を折りおって。生意気《なまいき》だぞ」

「それは、申し訳ございません。でも父上、その話は今朝だけでも、もう三度は伺いました」

気まずそうな父の様子に、エドガルドは微笑んだ。

エルリックも自分と同じく、生真面目で言葉が少ない向きがある。だが、彼には、妙な愛嬌《あいきよう》があった。

継ぐべき爵位のない彼は、騎士になることを選んだ。幼い頃から鍛錬を続けた彼は、兄弟のなかで一番背もあれば、体格もいい。それでいて、どこか憎めない愛らしさがあるのだ。

エルリックのおかげで、ようやく父侯爵の説教が終わった。

そうこうしているうちに、乗船を促す銅鑼《どら》の音が、港内に響き渡った。

「行ってまいります、父上」

エドガルドが切り出すと、滅多《めった》なことでは感情を表に出さない侯爵が、息子の身体をひしと抱きしめた。

「ここだけの話だぞ」

侯爵は、エドガルドの耳元で声を潜《ひそ》めてささやいた。

「いざとなったら任務などどうでもいい。とにかく無事に帰ってくること。わかったな」

エドガルドは、胸が熱くなった。普段はあれほど国王陛下と王国のため、身を粉《こ》にして尽くすのだというくせに、時折垣間《かいま》見せるこの人間臭いところが、人を惹《ひ》きつけるのだ。

「ありがとうございます、父上。少し肩の荷が下りたような気がいたします」

身体を離し、侯爵が満足げにうなずいた。

「気負うな。すべての物事はなるようにしかならんのだ。人生で初めての体験を、心ゆくまで楽しむがいい」

「はい」

父と兄のやり取りを、笑顔で眺めていたエルリックが兄に話しかけた。

末の弟エルリックが、エドガルドに手渡したものは、女物のハンカチだった。

「兄上、これを」

「なんだ、これは?」

「ハンカチです。お守りの」

危険が伴う船旅のお守りとして、女性が刺繍《ししゅう》を刺したハンカチを送るのが、ブノスの習慣だった。もちろん恋人から贈られるのが最上だが、そういった相手がいない場合は、母親や姉妹が贈ることになっている。

「おや、アスティル子爵。君は弟からハンカチを貰《もら》うのかね。情けない」

目ざとい侯爵は、早速《さっそく》息子をからかった。

「騎士エルリックよ。刺繍を覚えるため、剣の稽古をおろそかにはしなかっただろうね?」

「父上、私が刺繍したわけではありません。メイドのフィビーに頼みました」

侯爵が顔をしかめる。

「エル、どうせ人に頼むのであれば、若い娘に頼めばよかろう。フィビーは大伯母上とさほど年も変わらんではないか」

「でも、女性であることに間違いはありません」

「それはそうかもしれないが……」

エドガルドは、父と弟のやり取りに笑った。そして、誇らしげに胸ポケットから、ハンカチを取り出して見せた。

「エル、おまえの心遣《づか》いを嬉しく思うよ。だが、余計なお世話だ。このとおり、私にもハンカチを贈ってくれる女性はいるのだからね」

宮廷に騎士として伺候しているエルリックは、目を丸くした。兄に浮いた噂《うわさ》のひとつもないことを不思議には思っていたが、いきなりハンカチを見せられてもすぐには心当たりが浮かばない。

「兄上、それはいったいどなたが?」

「秘密だよ」

エドガルドが、弟に向かって別れの言葉を切り出そうとしたときだった。

「アスティル子爵殿！」

城詰めの衛兵が一人、桟橋を駆けてくるではないか。

「アスティル子爵殿、お手紙を預かってまいりました」

この慌ただしい出立の場に、誰が手紙などよこしたのだろう。

「エドガルド、おまえも隅《すみ》に置けないのう。女からの手紙だな」

父にからかわれるような手紙に、心当たりはなかった。

エドガルドは衛兵から受け取ると、すぐに差出人の名前を確かめた。

「父上、エミールからの手紙ですよ」

「あやつめ、また酒を過ごしたのだろう。まったくただ一人の兄の旅立ちに、見送りにもこんとはな」

父侯爵の文句を聞き流し、エドガルドは手紙を開いた。

あの庭園で別れたのを最後に、顔を合わせていない。

出立の準備でめまぐるしいほど忙しかったため、時間が取れなかったのは事実だ。それでも、無理をすれば話す時間は作れただろう。だが、あえてそれをしなかった。

エミールの本心を知ってしまった以上、いままでどおり言葉を交わす自信がなかった。

それに、いま会えば、サイラスの嘆く例の一件について、兄として忠告のひとつも口にするべきだろう。だが、それをするのが煩《わずら》わしく思えてならなかったのだ。

自分ごときになにができる。あのときまで、弟の苦悩に気づいてもやれなかった自分に。

エドガルドは、手紙を開いた。

まず、目に飛び込んできたのは大きく書かれた自由の一文字だった。

ざっと目を通し、エドガルドは手紙を父に渡した。そのとき、自分の手が小刻みに震えていることに気がついた。

「読んでもよいのか?」

「父上に読んでいただかなければ……」

まだ動揺が収まらない。

「どういうことだ?」

クレイヴン侯爵の声には、動揺よりも怒りが勝っていた。

「どういうことだ。アリアンが駆け落ち? 婚約を破棄したいだと!? あのアリアンが?」

父の言葉に、エドガルドの動揺が収まっていく。

自分が読み間違えたのではなかった。アリアンは、本当に駆け落ちをしたのだ。

婚約者であるエミールを裏切って。

だが、どうしてもエドガルドには信じられなかった。

# 3

エドガルドが、セラウィン帝国を訪問し、無事ブノス王国への帰還の途《と》についたのは、夏の初めのことだった。

セラウィンへと向かう旅は、アクシデントの連続だった。季節はずれの暴風雨に難破《なんぱ》を覚悟したこともあれば、悪性の流感《りゅうかん》が船員のなかで蔓延《まんえん》し、小さな港に十日間近く足止めを食らうこともあった。

エドガルド自身、船による初めての長旅だったので、出航まもなく酷《ひど》い船酔いに苦しめられることとなった。

予定より倍の時間がかかったが、生きてセラウィン帝国の土を踏んだときは、心から神に感謝を捧げたほどだ。

今回の訪問は、セラウィン側からの要請《ようせい》だったため、国王の名代《みょうだい》であるエドガルド一行は、国賓《こくひん》の待遇を受けた。

国交が正式に締結され、友邦国として共存共栄を誓い、交易に便宜《べんぎ》を図ること、旅人の身の安全など、様々な取り決めがされた。

船乗りたちの噂《うわさ》でしか伝えられることのなかった、東洋の大国。

ブノスやシルヴィアナの民とは、肌《はだ》の色も違えば、言葉も違う、神秘の国。

その存在を確かめるため、サイラスが航海にでてからすでに二十年近い歳月が流れている。サイラスが謎に満ちた東洋へ向けて船出したとき、頑是無《がんぜな》い子供でしかなかった自分が、国交を結ぶための使者として、セラウィン帝王の前に立つことを、エドガルドは不思議な巡り合わせと感じていた。

セラウィン帝王からの山のような贈り物で、帰りの船は沈むのではないかと心配になるほどだったが、航海は順調だった。

セラウィン帝国の海軍が、近海の潮の流れなどを教えてくれたおかげだ。反対に、ブノス側も彼らの知らぬ海路を教えたことで、新たな海路が開かれたのも、今回の訪問の収穫だった。

初めての大任を、立派に果たしたエドガルドを、誰もが賞賛した。

公私にわたって、素晴らしい成果を挙げた旅ではあったが、しかしエドガルドの心の片隅には、常にひとつの気がかりが居座っていた。

それはもちろん、エミールの件だった。

アリアンの背信《はいしん》。

エミールは手紙に、自分は自由だと書いてきた。だが、その本心はどうだろう。

たしかに、弟がアリアンとの結婚を厭《いと》わしく思っていたのは事実だ。

だからといって、あのような形での婚約破棄《はき》を、エミールが願っていたとは思えない。

彼は、意に沿わぬ花嫁ではあっても、男らしく娶《めと》る覚悟を決めていた。それは、花嫁の名誉を守るためだ。

それなのに、肝心《かんじん》の花嫁が、エミールを裏切ったのだ。

宮廷で薔薇《ばら》の貴公子と呼ばれるエミールを。

弟の落胆を思うと、エドガルドの心が痛んだ。

出航直前に受け取った手紙は、父侯爵《こうしゃく》に預けた。エドガルドは、国王の名代という重い責任のある役目にあったため、どれほど弟が心配でも、役目を降りるわけにもいかなかったし、私的な理由で出航を遅らせることもできなかった。

エミールが、自《みずか》ら手紙で知らせたことだけが、エドガルドの知るすべてだった。

侯爵が、うまく取り計らってくれることは疑いがなかったが、この醜聞《しゅうぶん》にどのような決着がついたのか、早く知りたくてたまらなかった。

そんなエドガルドの耳に、思いがけない悲報が届いたのは、最後の寄港地、カナルサリ王国の小さな港でのことだった。

港で、用を頼んだ男は、エドガルドがブノス王国の人間と知ると、サイラス・リステルを知っているかと尋ねてきた。

エドガルドは知っていると、うなずいた。すると、男は自慢げに言ったのだ。

「ワタシは、冒険家として名を馳《は》せた、あのサイラス・リステルの棺《ひつぎ》を担いだんですよ」と。


サイラス・リステルは、旅先で死んだ。

彼は、商用で訪れたカナルサリで熱病に罹《かか》り、苦しみぬいた挙句《あげく》、永遠の旅に出かけていったのだった。

彼が最後に遺《のこ》した言葉は、「アリアン」だった。

エドガルドが国王の名代として、異国を訪問している間に、すべては終わっていた。

エミールの婚約者であったアリアン・リステルは、屋敷の庭師と駆け落ちを企《くわだ》てたがすぐに連れ戻された。それはすぐ人の噂となり、サイラスは莫大《ばくだい》な慰謝料を払うことを条件に、婚約を白紙に戻したのだった。

「終わりよければすべて好し、だな」

クレイヴン侯爵は、エドガルドの杯《さかずき》に葡萄酒《ぶどうしゅ》を注ぎながら、そう言った。

いまふたりは、侯爵家の都の屋敷の書斎にいた。

帰参の挨拶《あいさつ》と旅の報告を終え、国王陛下《へいか》の御前から下がると、控えの間にクレイヴン侯爵が待っていてくれたのだ。

三カ月に及ぶ旅は、父の熱い抱擁《ほうよう》で報《むく》われたのだった。

そのまま、ふたりは王城を退出し、屋敷へと向かった。そしていま晩餐の支度が整うまで、食前酒を楽しんでいる。

「おまえを見送りに行った桟橋で、エミールの手紙を見たときは、サイラスもアリアンもただではおかんと思ったが、彼らのほうから婚約破棄を申し出たおかげで、結果的にエミールは助かったのだよ」

エドガルドは葡萄酒の豊穣な香りに、目を細めながら、侯爵に尋ねた。

「父上、なぜ助かったのです？　商人の娘の分際で、エミールを裏切るとは、言語道断《ごんごどうだん》ではありませんか。それも、相手は庭師。エミールを馬鹿《ばか》にするにもほどがある」

「おまえの言いたいことは、もっともだ」

と、クレイヴン侯爵は大きくうなずきながら、自分の杯にもぶどう酒を注いだ。

「だが、アリアンの手紙を見れば、その気持ちも少しは落ち着こう」

「手紙⁉　まったく、恥《はじ》というものを知らない娘だ。父上に手紙をよこしたのですか？　アリアンは」

「いや、手紙はサイラス宛に書かれたものだった。アリアンは、自分ごときがエミールの妻になるのは、畏《おそ》れ多いことと思っていたらしい。まあ、庶民がそう思うのも不思議ではあるまい。幼《おさな》い頃は、ただエミールの花嫁になれると、幸せに思っていたらしいのだが、長ずるに従い自分はエミールにふさわしくないと気づいたそうだ。庶民から、男爵《だんしゃく》夫人と呼ばれる身に、果たして自分はなれるのだろうかと不安に思っているところに、その庭師とやらがアリアンを誘惑したらしい」

そこまで話すと、侯爵はいったん言葉を切り、葡萄酒で唇《くちびる》を湿らした。

エドガルドも、喉《のど》の渇きに気づき、杯に口をつけてから、低くつぶやいた。

「愚《おろ》かなことだ」

「ああ、たしかに愚かなことだ。わがクレイヴン侯爵家は、なによりも誓約を大切にする家風で知られている。アリアンは、なんだな、その……期待していたほど、美しくは育たなかったようだが、サイラスと交わした約束を、我がほうから取り消すことはありえん。目先の甘い言葉にたぶらかされて、アリアンは男爵夫人となる機会を永遠に失ったのだ」

「父上、もしサイラスが婚約を白紙に戻したいと申し出なければ、エミールとアリアンを結婚させるおつもりでしたか？」

「無論《むろん》」

苦い表情で、侯爵はうなずいた。

「無論とおっしゃいますが、アリアンは男と駆け落ちしようとしたのですよ。純潔を守っているとは思えませんが」

「それでも約束は約束だ。この婚約は、アリアンに男爵夫人の称号を与え、エミールには花嫁の持参金を与えるという取り決めしかない。花嫁の純潔は取り決めに入っていない。まさか、アリアンがこのような恥をさらすとは思ってもいなかったのでな」

「父上らしからぬことではありませんか」

「迂闊《うかつ》といえば迂闊ではあった。それだけサイラスを信じていたのだよ。彼の姪《めい》が、そのような恥さらしな真似《まね》をするとは思わんだろう」

「それはそうでしょうが……。ところで、父上。先程、結果的にエミールが助かったとおっしゃいませんでしたか？」

「ああ、そのことだが」

クレイヴン侯爵は、テーブルに杯を置くと、背もたれにゆったりと身体を預けると、腹の上で両手を組み、まぶたを閉じてから、ため息まじりに言葉を続けた。

「サイラスは破産したのだよ」

「破産？」

「このところ、商売がうまくいってなかったらしい。直接のきっかけは、サイラスの死だ。彼本人を信用し、投資していた者がほとんどだからね。サイラスが死んだとたん、彼らはこぞって自分が投資した分を取り戻そうとした。葬儀から十日もしないで、リステル商会は倒産したのだよ」

サイラスは生涯、妻や子を持たなかった。姪のアリアンの成長だけを楽しみに生きてきたのだ。

アリアンがエミールに嫁いだのちは、商売は人に任せ、自分はまた冒険の旅にでると話していた。そのときの彼は、まるで十代の少年のように、瞳《ひとみ》を輝かせていた。

「もし、アリアンが駆け落ちなどせず、エミールの婚約者のままでいたとしたら、来年エミールは無一文の娘を花嫁に迎えることになったろう」

エドガルドは酷《ひど》く驚いた。

「それでは、サイラスはすべての財産を失ったのですか?」

「ああ、そうだ。婚約を破棄するにあたって、慰謝料をよこしたが、持参金の半分にもならなかった。いま思えば、あれが精一杯《せいいっぱい》だったのだろう」

侯爵の話では、慰謝料をえたエミールは、意気揚々《いきようよう》と領地に戻ったという話だった。エドガルドは、サイラスがよこした金で、エミールがうまく領地を立て直してくれればいいと、心から思った。

どれほどたくさんの金を積まれても、貴族でもない娘が、エミールを裏切ったという事実は変わらない。

しばらくの間、エミールは都に近づかないほうが身のためだ。噂の矢面《やおもて》に立たされることになるのだから。

もっとも、エドガルドがセラウィンを訪問している間に、醜聞に悩まされる時期も過ぎてしまったようだった。

「エドガルド、もうこの話はやめようではないか。話していて気分のよいものではない。それよりも聞かせてくれないか。セラウィンの話を。帝王は金の衣装を見に纏《まと》っていると聞いたが、それは本当なのか？　セラウィンの人々は、誰も彼もが黒髪に黒い瞳というのも本当なのか？」

エドガルドは父の屋敷を出ると、リステル商会に足を向けた。

遅くまで話し込んでいたため、都の目抜き通りに着いたときは、数軒の酒場と娼館を別にすれば、どこもかしこも店を閉めたあとだった。

遠くで酔漢《すいかん》たちの歌声が聞こえてくる。そのほかに聞こえてくるのは、生暖《なまあたた》かい夏の夜風だけだった。

セラウィンに旅立つ前、同じ場所に立ったことが思い出された。

あの時、サイラスが出てきた扉は、外から板が打ちつけられていた。窓もだ。看板は取り外され、煤《すす》けていない壁面が見える。

エドガルドは建物に近づくと、板の隙間《すきま》から店内を見た。

手にしていたカンテラを掲げても、奥までは見通せない。だが、記憶にあるこの店は、所狭しと異国の品物でいっぱいだった。

砂漠の姫君が横になったという寝椅子《ねいす》。東洋の王子が使ったという書見台。貝殻《かいがら》を使った螺《ら》鈿細工《でんざいく》の鏡。孔雀《くじゃく》の羽を贅沢《ぜいたく》に使った扇。寄木細工《よせぎざいく》のチェスト。柳《やなぎ》で編んだ衣装箱。高価な香木で作ったハンカチ入れ。南国独特の彫刻が施された四柱式寝台。

それらが、どれほどエドガルドの興味を惹《ひ》いたことか。

だが、わずかな明かりに照らされた一部分を見ただけでもわかる。

店の中が空《から》っぽだということを。

アリアンの姿を最後に見たのは、この店でだった。

二年程前のことになる。

国王陛下が王都リンスの繁華街を視察されたとき、お茶を差し上げたのがアリアンだった。

リステル商会の異国趣味にあふれた店舗は、陛下のためにいつにも増してめずらしいもので飾り立てられていた。

随行《ずいこう》していたエドガルドの目にも、見慣れたはずの店内が異国の王宮に思えたほどだ。

アリアンは清楚《せいそ》なドレスに身を包み、しとやかなしぐさで陛下をもてなしていた。

子供の頃に比べれば、随分《ずいぶん》細くなってはいたが、宮廷の貴婦人に比べれば、やはり彼女は「サイラスの子豚ちゃん」だった。

だが、あまりの緊張に頬を染めはにかむ様子は、とても愛らしく可憐《かれん》に映った。

あの日のアリアンの笑顔は、目をつぶりさえすれば鮮明に思い浮かべることができる。

「貴様、そこでなにをしている!?」

エドガルドの背後に、怒声が響いた。

「なにを企てているのか知らないが、リステル商会はとっくに潰《つぶ》れたよ。窓を破って侵入しても、蜘蛛《くも》の巣と埃《ほこり》しか手に入らないね」

泥棒と間違われたことに腹を立て、エドガルドは振り返った。

だが、偉そうに腕を組み、自分を見下ろしている男の顔に、エドガルドは覚えがあった。

灰色の髪、三十過ぎとは思えない逞《たくま》しい体つき。あの鷲鼻《わしばな》は、生まれつきのものではない。喧嘩《けんか》で殴られ、鼻の骨を折ってから、こうなったのだと笑って教えてくれた。

サイラスが誰よりも信頼していた男だ。

「君は、レスターじゃないか？」

男は、訝《いぶか》しげな表情でエドガルドの顔に目を留めた。その面に、一瞬歓喜の表情が走った。

だが、それはたちまちのうちに、苦いものへと変わってしまう。

「レスターだろう？　サイラスのところで働いていたレスターだ」

エドガルドは急いで、男のもとに走った。男は急いで背中を向けようとしたが、エドガルドの手の動きのほうが、わずかに早かった。腕をしっかりと摑《つか》まれた男は、観念したように口を開いた。

「いかにも、さようにございます。エドガルド卿。つまらぬ誤解をいたしました。お許しください」

「なにを言うんだ。君は、不審者を言葉で問い詰めただけだ。なにを許す必要がある？　それも、いまは亡き主人の店ではないか。その忠義心に私は感服するよ」

エドガルドのせっかくの褒《ほ》め言葉にも、レスターは顔を顰《しか》めるだけだった。

「ありがたきお言葉にございます。それでは、わたしはこれで」

「いや、レスター。少し教えて欲しいことがある」

だが、レスターは意外なことに頭を振った。

「残念ながら、わたしのような取るに足りない者が、ご立派な子爵《ししゃく》様になにをお教えできるでしょう。申し訳ございませんが、急いでおります。これで失礼いたします」

レスターは、強く腕を引き、エドガルドを手を払い落とすと、くるりと背中を向けた。

その背中に、エドガルドは話しかけた。

「アリアン嬢はお元気なのか？」

すでに歩き始めていたレスターの足が、わずかに止まった。

「サイラスが死んだとき、私は誓ったのですよ。二度と。

二度と！　あなた方とは口を利くものかとね!!」

エドガルドは驚くしかなかった。

レスターは、決して声を荒らげはしなかった。だが、言葉の端々にこめられた感情は、あまりに鋭かった。

鋭い言葉の数々に、こめられているのは憎悪《ぞうお》としか思えなかった。

なぜだろう。なぜ、これほどまでに、レスターに憎まれなければならないのだろう。

エドガルドは後ろを振り向いた。

そこには、無人の建物が、ひっそりと佇《たたず》んでいた。

主を亡くした三階建ての建物。

かつての賑《にぎ》わいを知るだけに、エドガルドの目には酷く侘《わび》しく映るのだった。


国王は、このたびのエドガルドの労をねぎらい、長期の休養を与えることにした。王家の離宮での保養が許されたのだ。

だが、エドガルドはこれを謹《つつし》んで辞退し、領地への帰還を願い出た。

アスティル領は、それほど広くはなかったが、クレイヴン侯爵領とは地続きでなだらかな丘が連なる美しい土地だった。

アスティル領の領主はいずれクレイヴン侯爵となる身である。その経営は、クレイヴン侯爵家に任されている形だ。十七歳で子爵となってから、エドガルドは休暇となれば自分の領地で過ごすことにしていた。

「旦那様、せっかくの陛下のお申し出を断るなんて、わたしはどうかと思いますがね」

先程から、同じ文句を飽きもせず繰り返すのは、家令のドーレだった。

先月、五十歳の誕生日を迎えたばかりの男は、エドガルドに付き添い王家の離宮に滞在するのを、心密かに期待していたのだ。

「すまんな。いまはそんな気分になれんのだ。おまえには迷惑をかけるが、今回だけは堪《こら》えてくれないか」

ふたりは、轡《くつわ》を並べて街道を北へと進んでいた。

夏の盛りを迎え、朝から日差しはきつく、気温は高かった。だが、心地のよい風のおかげで、汗ばみはするものの、我慢できない暑さではなかった。

セラウィン帝国は、ブノスとは気候が違うようで、毎日が蒸し暑かった。湿度が高いため、木陰にいても汗《あせ》が玉のように噴き出す。昼間、気温が高くなると、夕方に激しい雨が短い時間降るのが特長だった。雨が降ると、そのときは一気に涼しくなるのだが、雨が上がったとたん酷《ひど》く蒸すのだ。

滞在中、この蒸し暑さには閉口した。夜になると、宿舎に氷の柱が届けられる。なにに使うのかと、初めは首を傾《かし》げたが、これで涼《りょう》をとるのだとすぐに気づいた。係の者が一晩中扇で仰いでくれるのだが、涼風がいかに心地よくとも、寝ている間他人が近くにいることはずいぶんと苦痛だった。

「いいえ、なにが迷惑ですか。ただ、せっかくの陛下のお心を断ることで、旦那様の出世の妨《さまた》げになるんじゃないかと、わたしは心配しているわけでして……」

「大丈夫だ。そのようなことで、お気を悪くされる陛下ではない。それに自分に与えられた役割さえきちんと果たせば、結果は自然とついてくるものだ」

「まったく、旦那様は自信家でいらっしゃる」

ドーレの何気ない言葉に、エドガルドは胸を突《つ》かれるような気がした。

自分は自信家なのだろうか。努力には、それに伴う結果があるものと信じてきた。だが、エミールはそうではないと、言った。

努力しても報《むく》われないことはあると、彼はたしかに言ったのだ。

年が近かったこともあり、エドガルドとエミールは、机を並べて同じ家庭教師の授業を受けた。

エドガルドは、エミールがなにを得意としていたか思い出そうとした。二つ年下にもかかわらず、エミールはどの科目も、そつなくこなした。字も綺麗《きれい》に書いたし、朗読もうまかった。算数は少し苦手としていたが、年下であることを考慮すれば、やはりよくできたほうだろう。歴史も地理も熱心に覚えようとしていた。

まだ、小さな手で石筆や木炭を握り、唇《くちびる》を固く結んで勉強していた姿が思い浮かび、エドガルドは頬《ほお》を緩めた。

タペストリーに描かれていた天の御遣いは、アリアンというよりもエミールだったのではないだろうか。

あの頃のエミールは、誰よりも愛らしかった。エミールの笑顔を見て、目を奪われない者などいなかった。木石《ぼくせき》のような人間でも、幼いエミールの笑みには、心を動かされたに違いない。

そのとき、エドガルドの脳裏《のうり》に、なにかが閃《ひらめ》いた。

エミールは、勉強室で笑ったことがあっただろうか。

普段、あれほど愛くるしく笑う子供が、いつでも唇を引き結び、眉間《みけん》にしわを寄せていた。いや、授業に集中していたのだ。先生の言葉を聞き漏らすまいと、緊張していたのだ。

そうやって否定してみても、本能は違うとささやいていた。

子供の頃のエドガルドは、歴史が苦手だった。年号を覚えるのが、つまらなかったのだ。算数は、計算問題が特に好きだった。だが一番好きな科目は、国語だった。

読み書きはもちろん、教師の語る文章の解釈、言葉の成り立ちや単語の変遷《へんせん》。なにを聞いても、楽しくてならなかった。

だが、エミールが楽しそうにしていた記憶がない。教師に褒《ほ》められるとそれなりに笑顔を見せたが、なにかを知って喜んでいるのは見たことがない。新しいことを学んで満足げな顔を見た覚えがない。

それは学問に限ったものではない。馬術の時間も剣術の時間も、エミールが生き生きと笑っていた記憶がない。

だからといって、彼がすべてに劣《おと》っていたわけではないのだ。むしろ、平均的になんでもできた。だが、得意なものが思い当たらない。

もし、なにかひとつ上げてみろといわれれば、音楽だろうか。よくエミールは、マンドリンを爪弾《つまび》きながら歌っていた。そのときは楽しげに微笑《ほほえ》んでいたと思う。しかし、貴族の子弟にとって、それは教養のひとつでしかない。将来、歌で身を立てるわけではないのだから。

そこまで考えたとき、また新たな記憶がよみがえってきた。あれはいくつの頃だったろうか。エルリックが騎士になると心を固め、正式な稽古を始めた頃だから、自分もエミールも十代の半《なか》ばは過ぎていたはずだ。

父侯爵が冗談まじりに言ったのだ。

『日がな一日歌ばかり唄《うた》って、おまえは小鳥にでも生まれつけばよかったのかもしれんな』

父侯爵に悪気があったとは思えない。だが、その日を境に、エミールは滅多《めった》に歌を唄わなくなった。マンドリンも壁の飾りと化してしまった。

過去、何気なく見落としてきたことに、深い意味があったように思えてならなかった。

いつも人の中心にいて、誰からも愛される弟を、誇らしく思ってきた。

薔薇の貴公子と呼ばれるエミールが、誰よりも素晴らしい存在と信じてきた。

しかし、自分は弟のことをどれだけ理解していたのだろう。

弟の美しい笑顔にだけ目を向けて、自分は彼の本質を理解しようとしたことがあったろうか。

いや、なかったのだ。なかったから、あの庭園で、弟が投げつけてきた言葉の数々に、衝撃を受けたのだ。

そうこうしているうちに、エドガルドとドーレは、都のはずれに差しかかっていた。

何ごともなく関所を通りしばらく行くと、街道は二つに分かれる。

アスティル、クレイヴン領には左の道をとるのだが、エドガルドは馬首を右に巡《めぐ》らせた。

「旦那様、どちらに行かれるのです?」

「人に頼まれたものがあることを、忘れていたんだ。コッツロイ村に少し寄っていく」

エドガルドがそう言うと、ドーレは露骨《ろこつ》に顔をしかめた。

「コッツロイ村ですか？　わたしがご用を伺いますよ」

「いや、大事なことだから、私が行かなくては話にならんのだ。なんならおまえ、そこの店で私が戻るまでエールでも飲んでいたらどうだ?」

「なにをおっしゃるんです。旦那様がいらっしゃるのなら、わたしはどこまでもお供いたしますよ。お許しさえあれば、セラウィンにだってついて行くつもりだったんですからね」

二人はそろって、街道を右に曲がった。半刻も行くと、コッツロイ村の道標が立っていた。

その道標が示す道を辿《たど》り、記憶を頼りに馬を進めていると、ドーレが訝《いぶか》しげに声をかけてきた。

「旦那様、道をお間違えじゃありませんか？　この先は……」

「いいんだよ。私はリステル家に用があるんだ」

「なんだって、そんな……」

「カナルサリで偶然であった男が、サイラスの臨終《りんじゅう》を看取《みと》った男だったんだ。その男から、私はサイラスの遺言《ゆいごん》を預かったのだ」

「サイラスの遺言？」

ドーレは鼻で笑うと、乱暴に帽子を取り、薄くなった髪をがしがしとかいた。

「まさかと思いますが、あの破廉恥《はれんち》な娘に会うおつもりじゃないでしょうね」

「会うつもりだよ。サイラスの遺言は、彼女に宛てたものだからね」

「ようございます。旦那様は、ここでお待ちください。わたしが行ってまいります」

今朝、子爵邸を出るまでは、エドガルドもそのつもりだった。

エミールを裏切り、庭師と駆け落ちを企てたような娘と、顔を合わせるつもりはなかった。

ドーレに頼むか、村の子供に駄賃《だちん》でもやって、それで済ますつもりだったのだ。

だが、エドガルドは少し考えを改めた。

それは、エミールの素顔を自分はまるで知らないということに気づいたからでもあった。仲のよい兄弟として育ち、弟のことをよく知っているつもりだった。しかし、突《つ》き詰《つ》めて考えれば考えるほど、自分が知っているエミールは、幼い頃の印象だけで、それさえも美しい思い出の域をでない。

サイラスの姪アリアンが、弟を裏切ったことにひどく腹を立てていたが、冷静に考えればエミールが彼女を蔑《ないがし》ろにしていたのも事実だ。

アリアンは兄弟にとって幼馴染《おさななじ》みでもある。それなのに、エミールが彼女をかばおうとしないことに腹は立った。だが、その一方で仕方のないことだと思ってもいた。

エミールは、たいした財産はないとはいえ、男爵だ。それに引き比べ、アリアンは商人の娘でしかない。

貴族の息子と庶民の娘が結婚すること自体は、ブノスではめずらしいことではない。

これが、海を隔てた隣国シルヴィアナ王国になると、ありえないこととされている。貴族同士の結婚ですら、家格が違えば許されないと聞いている。

それらを考慮すれば、庶民でしかないアリアンにとって、エミールとの結婚は稀《まれ》な幸運だったはずだ。だから、エミールの友人たちが、彼女の容姿を嘲《あざけ》ったにしても、彼女は我慢するしかないだろうと、心の片隅ではそう思っていた。

しかし、それは正しいのだろうか。

もし、アリアンが貴族の娘であったらどうなっただろう。

おそらく、アリアンの名誉をめぐって、決闘沙汰《けっとうざた》になったはずだ。

アリアンに近い男性、この場合はサイラスか婚約者のエミールが、剣を取って彼女のために戦っていただろう。

最後にサイラスと杯を酌《く》み交わしたとき、彼の嘆きは深かった。姪のために剣をとることも許されない立場にあることに、彼がどれほど傷ついているかは見て取れた。

エミールにはエミールの悩みがあるのだろう。だからといって、アリアンを侮辱《ぶじょく》していいことにはならない。

エミールの友人が彼女を侮辱した日、彼女は婚約者のために縫い上げたばかりの胴着を届けるため、都までやってきたという。

それならば、あの日まで彼女は、エミールとの結婚を受け入れていたのだ。

では、なにが原因でアリアンは心を変えたのか。

推察はつくが、本人の口から聞きたかった。

それが、エミールの素顔に近づく大切な一歩のような気がしたのだ。だから、人任せにすることをやめて、やってきたのだ。

リステル邸は、裕福な商人にふさわしい、壮麗な館だった。

アスティルの領主館に比べると、どちらが貴族の住まう家か判断に迷うところだろう。

色とりどりの花が咲き乱れる前庭をゆっくりと通り抜け、エドガルドとドーレは車寄せで馬から降りた。

自分の手綱《たづな》をドーレに預け、エドガルドはノッカーを叩いた。だが、返事がない。

エドガルドはもう一度、強くノッカーを叩いたが、人の気配そのものがまったく感じられなかった。

「旦那様、人がいないのではありませんか？」

エドガルドもそう思ったが、今度は直接扉を叩き、声を張り上げた。

「誰か！　誰もいないのか⁉」

もう一度、扉を叩こうか、それともこのまま行ってしまおうか、思案していると扉の向こうから幽《かす》かな衣擦《きぬず》れが聞こえてきた。

近づいてくる気配に、胸をなでおろしながら、エドガルドは建物に目をやった。

最後にこの館を訪れたのは、もうずいぶん前のことになる。あれも夏の盛りだった。

すべての窓が大きく開かれ、窓辺では白いカーテンが風と戯《たわむ》れていた。

屋敷の中からは、異国の香の匂いがした。遠い厨房《ちゅうぼう》からは、風に乗って美味《おい》しそうな匂いも漂ってきた。

屋敷には、たくさんの召使がいて、みな忙しそうに働いていた。メイドたちの内緒話、下男の口笛。

花の終わった野薔薇《のばら》の茂み。

秋になれば、あの茂みは赤い実を結ぶだろう。

まだ小さかったエルリックが、腕にかけた籠《かご》に赤い実を摘《つ》んでいたのは、いつのことだったろう。

エドガルドの脳裏にあざやかによみがえる、記憶。

アリアンは石造りのベンチに腰掛け、針を使って丈夫な糸に通していた。

エルリックは、摘んだばかりの赤い実を、籠から取り出しては、アリアンに渡していた。

『なにを作っているんだい?』

エルリックとアリアンは、無邪気に答えた。

『薔薇の実の首飾りよ』

『お母さまへのお土産《みやげ》にするんだ』

『アリスお母さまは、赤いドレスをおもちかしら?』

『天鵝絨《ビロード》の綺麗《きれい》なドレスをお持ちだよ』

『きっとお似合いになるわ!』

アリアンは、兄弟の母を『アリスお母さま』と呼んでいた。

はしゃいだ声が、いまにも聞こえてきそうだ。

生き生きとした気配に満ち溢《あふ》れていた、サイラスの屋敷。

それがいまはどうだろう。夏だというのに、窓は硬く閉ざされ、人の気配もない。

「どちらさまですか？」

若い女の声が、扉の向こうから聞こえてきた。

「アスティル子爵だ。ご令嬢にお会いしたい」

軋《きし》んだ音とともに、扉が開かれ、薄暗い屋敷のなか、白い顔が浮かび上がる。

エドガルドは息を呑《の》んだ。

雲間から姿を現した新月を見た思いがした。

青褪《あおざ》めて美しい、月。

目の前にいる女が、エドガルドには月のように思えてならなかった。

際立《きわだ》った美貌の持ち主ではない。

目鼻立ちは整っているが、地味な印象だ。それに、口が大きすぎる。顔も痩《や》せているというよりは、やつれた感じがする。

しかし、エドガルドは娘の顔から、目が離せなかった。

それをどう思ったのか、娘はエドガルドの視線を避け、そっと顔を伏せた。

それがエドガルドを現実に引き戻す。

「アスティル子爵エドガルドだ。アリアン嬢は、ご在宅かな？」

娘が一瞬、咎《とが》めるような目で、エドガルドを見た。

その視線に、彼の胸は怪《あや》しく騒ぎ出す。

なぜだろう。なぜ初めて見る娘に、こんなにも心動かされるのだろう。

自問自答するエドガルドの耳に、娘の声が甘く響く。

だが、その声が意味するところをエドガルドはすぐには理解できなかった。

娘はこう言ったのだ。

「お久しぶりです。エドガルド様」

この娘に、以前あったことがあったろうか？

内心うろたえるエドガルドに、娘は悲しげに微笑んでから、さらに続けた。

「わたくしが、アリアン・リステルでございます」

# 第二章　夢の花

―

『さあ、子供たち。これをごらん』

サイラスはそう言うと、両の手のひらを子供たちの前に広げて見せた。

『見たよ。大きな手のひらだ』

物怖《ものお》じせず、頭に浮かんだことをすぐ言葉にするのが、エミールの癖《くせ》だった。

『ここに傷があるわ。痛かった？』

右手の親指に古い傷跡を見つけ、眉間《みけん》にしわを寄せるのは、アリアンだった。

『可愛《かわい》いアリアン、そんな顔はおよし。昔の傷だよ。もうちっとも痛くないんだ』

『おじさま、本当？』

『本当だとも』

『でも怪我《けが》したときは、血がいっぱいでたんでしょう？』

『ちょっぴりだよ。ほんの少しさ。さあ、そんな心配はいらないよ。それより、ちゃんとおじさんの手を見ているんだよ』

窓から差し込む光のなかで、サイラスは笑って両手をあわせ、その手のひらと手のひらの間に、ふっと軽く息を吹いた。

白い木綿のカーテンが風に揺れていた。

薔薇《ばら》の季節だった。甘い香りは部屋のなかまでただよい、蜜蜂《みつばち》は窓辺の花に群がり、ぶんぶんとうなっていた。

『さあ、わたしのアリアン。この手を開けておくれ』

アリアンの丸々とした小さな手が、日に焼けたサイラスの手に触れる。

クリームのように白い手は、何かを包み込んだような形でぴったりと合わさったサイラスの両手を引き離そうと動いた。

ふっくらとした頬《ほお》が赤く染まり、大きめでふっくらとした唇《くちびる》は、硬く引き結ばれていた。

『だめ！　びくともしない』

小さな鼻の頭に、玉のような汗を浮かべて、幼いアリアンは喘《あえ》ぎながら降参した。

『残念だったね、アリアン。さあ、次はエルリックの番だよ』

エルリックもエミールも、アリアンと同じように渾身《こんしん》の力を奮い、サイラスの両手を離そうとした。

だが、砂漠の国、カナルサリで真っ黒に日焼けしたサイラスの手は、魔法でもかけられたかのように、ぴったりと合わさったままだ。

『じゃあ、最後にアスティル子爵《ししゃく》殿。あなたが試してごらんなさい』

アリアンはいくつだったろう。

金色の巻き毛が、肩の辺りで揺れていた。

サイラスが、アスティル子爵殿と呼びかけていたのだから、私はもう十七歳にはなっていたはずだ。

彼は、真っ黒に日焼けしていた。白い歯がまぶしく見えたほどだ。

そうだ。カナルサリから帰ったばかりで、………。

私が、十八歳の夏だ。

あれも夏だった。白いドレスに身を包んだアリアンは、なんの屈託もない笑顔を周囲に振りまいていた。

エミールは十六歳、エルリックはまだ十二歳でいまと違い、兄弟のなかで一番身体が小さかった。

私が、陛下《へいか》の祐筆《ゆうひつ》をおおせつかる前の、初夏のことだ。

『ああ、それは卑怯《ひきょう》だ！』

サイラスが目を細めて笑う。

エルリックとアリアンが、大きな口を開けて笑っていた。

エミールも、あの綺麗な顔を笑み崩していた。

『エドガルド、ひどいじゃないか。手首を取ったと見せかけて、脇をくすぐるなんて』

『でも、あなたの手を開かせることには成功しましたよ』

どこか誇らしい思いで、冒険家にふさわしい傷だらけの手に目をやると、そこには不思議なものがあった。

『なぜ!?』

真っ先に疑問の声を上げたのは、エルリックだった。

『おかしいわ、おじさま。だって、このお手々の中にはなにもなかったのよ』

まだ、九つだったアリアンは目を丸くしていた。

その隣で、現実家のエミールは、突如サイラスの手の上に現れた、未知のものに関心を示していた。

『サイラス、これはなに?』

久しぶりの長旅から戻ったサイラスは、生き生きとしていた。彼の茶色の瞳は、夏の日差しを映し、琥珀《こはく》色に輝いていた。その快活な瞳が、子供たちを眺め渡す。

『さあ、なんに見えるかい?』

『薔薇!』

大きな声で答えたのは、アリアンだった。

『石でできた薔薇よ。薔薇にそっくり。とても上手にできてるわ』

エルリックは、好奇心が抑えられないのか、指先で石の薔薇に触れると、すぐさま手を引っ込めた。

『これ、石じゃないよね？』

『そう、よくわかったね、エルリック。これは石じゃない。砂でできているんだよ。それに誰が作ったものでもない。もし誰かが作ったのだとしたら、それは神様だ。神様がお作りになったものなんだよ』

『ああ、聞いたことがある』

エミールが口を開いた。

『砂漠の薔薇だ。カナルサリの……』

サイラスは、砂漠の砂が薔薇の形にこり固まったそれを、アリアンのぽっちゃりとした手の上に置いた。

『ご名答。エミール、よく知っているね』

エミールが、顔を輝かせる。

サイラスの飾りのない賞賛に、エミールがこんなにも嬉《うれ》しげな顔を見せていたことに、エドガルドは初めて気づいた。

『どんな神秘が働くと、砂が薔薇の形になるんだろうね。いろいろな説があるけれど、人がどんなに真似ようとしても、砂漠の薔薇を作り出すことはまだ誰も成功したことがないんだよ』

なにかを懐《なつ》かしむように、サイラスがしばらくの間、遠くに視線をさまよわせる。

あのとき、十八歳だった自分には、サイラスがとても大人に思えた。大人だと思っていた。

だが、いま考えれば、彼はまだ三十歳になるかならないかといった年齢だったはずだ。

いまの自分と、それほど年齢は変わらない。それなのに、彼は兄の遺児のために、自分の冒険を諦めたのだ。

『アリアン、カナルサリではね、この砂漠の薔薇を恋人に贈るんだよ。薔薇の花は、咲いても枯《か》れてしまう。でも、この薔薇は大切にすれば、いつまでもこのまま花開いている。恋人とのとこしえの幸福を願って、相手に贈るんだよ』

アリアンは、手のなかの薔薇をしばらくの間、じっと見つめていた。

それから、ぱっと顔を上げると、エミールの前に砂漠の薔薇ごと、手を差し出した。

『くれるの?』

エミールが優しくささやいた。

『ええ、だって、エミール兄さまは私の許婚《いいなずけ》なんですもの』

エミールは、ためらうことなく砂漠の薔薇を受け取り、満面の笑顔で行ったのだ。

『ありがとう』と。

——あの砂漠の薔薇は、いまどこにあるのだろう。

「……ルド様、エドガルド様」

落ち着きのある女性の声で起こされるのは、ずいぶんと久しぶりのことだった。

目を瞬《しばたた》かせながら起き上がると、水差しとタオルを手に、女中頭のキャロンが立っていた。

「おはよう、キャロン」

「旦那様、もうじきお昼になろうというのに、なにがおはようでございますか。さあ、早くお顔を洗ってくださいまし」

水差しの水は、井戸で汲《く》んできたばかりなのだろう。とても冷たかった。

エドガルドは、顔を洗い、絞《しぼ》ったタオルで軽く汗をかいた上半身を拭《ぬぐ》った。

都のどこか淀《よど》んだ空気とは違い、領地のそれは緑の香りを常に含んでいる。窓の外に目をやれば、今日も暑い一日になるのだろう。だが、石造りの館のなかは、真夏でもひんやりとして過ごしやすい。

「今日のご予定は?」

「朝食をすませたら、近くの村を二、三見て回るつもりだ」

「旦那様、朝食ではございません。もう昼食の時間ですから」

エドガルドは、キャロンが不機嫌なことに気がついた。普段の彼女は、滅多《めった》なことで主人であるエドガルドに咎《とが》めるような口は利《き》かない。

母親をすでに亡くしたエドガルドにとって、この女中頭は母親にも等しい存在だった。だが、甘やかされた記憶はない。口癖は、「エドガルド様は、未来の侯爵《こうしゃく》様です。領民に慕われる立派な殿方にならねばなりません」だった。

十七歳で子爵となり、侯爵家を出て独立する際、エドガルドは父侯爵に願い出て、キャロンとドーレを譲《ゆず》り受けた。それを二人がどれほど喜んだことか。

だからといって、エドガルドを絶対視しているわけではない。

不満や言いたいことがあるとき、彼女はこういった言動を見せる。

「キャロン、なにか言いたいことがあるようだな」

洗い立ての白いシャツに袖を通しながら、エドガルドは言葉をかけた。

「旦那様、あの娘をどうなさるおつもりですか？」

「ああ、そのことか」

エドガルドは、起こされるまで見ていた夢のことを考えた。

砂漠の薔薇――――すべてはそれが原因なのだ。

「いま、なにをしている？」

「さあ、存じません」

キャロンの答えは、あまりに無愛想でとりつく島がなかった。

「昨晩、説明しただろう。新しく雇い入れたと」

「それは伺《うかが》いました。ですが、人手は十分足りています。それなのにいきなり雇ったといわれても、なにをさせればいいか、あたくしにはまったく見当がつきません」

「なんでもいい。なにか仕事をさせろ」

「本当によろしいんですか?」

「いいに決まっているだろう。仕事を探しているというから、仕方なく連れてきたんだ。館に人手が要《い》らないというのなら、どこか他に働き口を見つけるまでだ」

キャロンの、しわが刻まれた口元が、安堵《あんど》に緩んだ。

「ああ、ようございました。あたくしはてっきり、特別な仕事のために雇ったのかと思いましたよ」

「特別な仕事?」

キャロンの、いつになくほっとしたような口ぶりが気にかかり、エドガルドは説明を求めた。すると、彼女の老いた頬に朱が上る。

「ええ、まあそれは……その、なんと申しましょうか……」

「どうした。歯切れが悪い。私の知っているキャロンは、私が求めればどんなに言いにくいこともはっきり言ってくれる頼もしい存在だと思っているのだが」

「ありがとうございます。でも、……」

「キャロン、特別な仕事とはなんだ?」

キャロンは、諦めたように大きくため息をついた。

「若い娘ですし、着ているものもよい仕立てで、それに……綺麗《きれい》な手をしていますね。いままでたいした仕事もしていないような……」

「もういい」

エドガルドは、キャロンの言葉を途中で遮《さえぎ》った。彼女のいまの言葉と、ほっとした表情から、彼女がなにを言わんとしているのか、理解できたからだ。この先は、言葉で耳にしたくはなかった。

「キャロン、もう何年も前になるが、おまえはあの娘に会っているよ。思い出せないかな？」

キャロンの眉間にしわがよる。

「そうか、それなら……、この名前に覚えはあるだろう。あの娘の名は、アリアンだ。アリアン・リステル」

「なんとおっしゃいました？」

キャロンは、大きく目を見開いた。その表情には、驚きだけではない。どこかに怒りが含まれている。

この反応を見たくないばかりに、昨晩遅く領主館に辿り着いたエドガルドとドーレは、アリアンの名前を口にはせず、ただ新しく雇い入れた娘とだけ説明し、部屋を与えるようにと命じたのだ。

たしかに、女中頭のキャロンが当惑し、とんでもない誤解をするのも無理はないのかもしれない。

まだ妻を娶《めと》っていない男が、愛人を囲うのはめずらしい話ではない。人の噂《うわさ》になりやすい都の屋敷より、領地に妾宅《しょうたく》を構える男のほうが多いのだ。

「あたくしには、旦那様がなにを考えていらっしゃるのか、まるでわかりません。あの娘！エミール様を裏切ったあんな、あんなふしだらな娘を、なぜお連れになったんです⁉」

キャロンの強い口調に、エドガルドは内心気圧されていた。

「わかった、説明する。キャロン、とりあえず落ち着いてくれないか。さあ、ここに座って」

エドガルドは、書き物机の椅子を持ってくると、キャロンの肩に手を置き座らせた。そして、自分はまだ寝乱れたままの寝台に腰を下ろした。

「なにから話したらいいのだろう。まずは、カナルサリで私が預かったものについて、話したほうがよかろう」

先程よりも、さらに機嫌を悪くしたキャロンを前に、エドガルド自身、なぜこのようなことになったのかと、大いに戸惑っていた。

セラウィン帝国からの帰還の途《と》、飲み水の補給のために最後に立ち寄ったのは、カナルサリの南端の港アガルスべだった。

市場でサリと呼ばれる、この地方特産の果物を買い込み、エドガルドは船に戻った。

半日の寄港なので、のんびり観光する気にはなれなかったのだ。

その甲板《かんぱん》で出会ったのが、ロルディナスという名のカナルサリ人の若者だった。

ロルディナスは、たどたどしいブノス語で、話しかけてきた。

冒険家、サイラス・リステルを知っているかと。

「知っている」と答えると、男は誇らしげに続けたのだ。

「わたしは、サイラス・リステルの棺《ひつぎ》を担《かつ》いだ」のだと。

ロルディナスという男は、以前からこの港にリステル商会の船が入ってくると、ブノス語が少し話せることから、用を頼まれることが多かったそうだ。

エドガルドが、カナルサリ語を母国語のように話せることを知ると、彼は滔々《とうとう》と語りだした。

自分が昔、冒険家のサイラスにどれほど憧《あこが》れていたかを。彼に憧れて、港で働くようになったこと。鷹揚《おうよう》で才気に満ち、人を惹《ひ》きつけるブノスの商人が、サイラス本人と知ったときの喜びを。

そして、最後に彼は語った。

「サイラスは、息を引き取る直前まで、アリアンという名の娘のことを、それは気にかけていました。俺は、その娘に渡さなければいけないものがあるんです」

「私はアリアンという娘を知っている」

「本当ですか？　アリアンは、サイラスの奥さんですか？」

「違う。彼の姪《めい》だ。サイラスの兄夫婦の忘れ形見だ」

「アリアンの髪は、何色かご存知ですか？」

「金髪だよ」

「サイラスは栗色ですよ」

「アリアンの母親が、見事な金髪だったそうだ」

「よかった。あなたは本当にアリアンをご存知なんですね。サイラスは、信頼できるブノス人にこれを託してほしいと言ってたんです。でも、俺はブノス語がそんなにうまいわけじゃないんで、棺を受け取りに来た相手に説明できなくて」

ロルディナスが、サイラスから預かったもの、それは砂漠の薔薇だった。

「サイラスは、これをアリアンに届け、こう伝えてくれと言いました。『おまえのおかげで幸せな人生だった。私が死んでも砂漠の薔薇がおまえを助けてくれる』と」

サイラス臨終の言葉は、――――幸せにアリアン。

それを聞いて、砂漠の薔薇をロルディナスから受け取らなければ、人としてどうだろう。

国王の祐筆となり、都に屋敷を構えてから、エドガルドはアリアンと顔を合わせたことがなかった。

エミールの友人の発言から、外見は子供の頃とさして変わっていないのだろうと見当をつけていた。

だが、リステル邸で戸口に立った娘は、エドガルドの記憶の中の少女とは、まったく違う娘だった。

ころころと太り、薔薇色の頬をしていた少女は、もういなかった。

アリアン・リステルと名乗った娘は、ほっそりとした身体とやつれた青白い頬の、一輪咲きの白薔薇を思わせる娘だったのだ。

エドガルドは自分の目を疑った。

すぐには信じられなかった。

この、儚《はかな》げな少女が、あのアリアンだというのか。サイラスが誰よりも愛し慈《いっく》しんで育てた、あの『子豚ちゃん』なのか？

ドーレも同じ思いだったようで、男二人は言葉もなくその場に立ち尽くし、アリアンの全身を頭の先から足の先まで、眺めていた。

「子爵様、ご用件を伺ってもよろしいでしょうか」

アリアンは決まり悪げに目を伏せ、尋ねた。

彼女の言葉で、現実に戻ったエドガルドは、アリアンが外出着を着ていることに気づいた。

「これから、どちらかに出掛けられるのか?」

「はい」

「わかった。手間は取らせない。少し話があって、よっただけだ」

エドガルドがそう言うと、アリアンの肩がびくっと揺れた。

「子爵様をお迎えいたしましたのに、申し訳ございませんが、時間が差し迫っております。どうか、この場でお話を伺うことをお許しいただけるでしょうか」

「ああ、それは一向《いっこう》に構わん」

だが、懐から砂漠の薔薇を取り出す前に、邪魔が入った。

背後から、男の声がかかったのだ。

「おまえたち、そこでなにをしている!」

振り向くと、身なりのよい中年男と下男と思《おぼ》しき屈強な男が、エドガルドとドーレを値踏みするような目つきで、じろじろと見ているではないか。

「おまえたちこそ何者だ」

中年男は、エドガルドの風体《ふうてい》から自分たち庶民とは住む世界が違うと察したのだろう。先程とは打って変わって、猫なで声で近づいてきた。

「貴族の若様に名乗るような者ではございません。そちらの娘に用があってやってきたんですよ。前々からの約束でして。そうだったな、アリアン」

中年男は、エドガルドの横合いから手を出し、扉を大きく開けようとした。だが、アリアンは必死の形相《ぎょうそう》で、扉を開けまいとしがみつく。

「約束は午後のはずです」

「午後になろうが、夜になろうが、おまえの運命はもう決まっているんだ。あの庭師の男は、都から帰っていないんだろう？　こっちはちゃんとわかっているんだ。いい加減観念して、さっさと扉を開けるんだ」

「いいえ、約束は午後です。それに、レスターは必ず帰ってきます。午後、もう一度出直してください」

扉を挟んでの二人の攻防に、事情がわからないエドガルドは思わず一歩、後ろに引いてしまった。

エドガルドがいままで立っていた場所を確保すると、中年男は下男を呼んだ。屈強な男が、すぐにやってきて扉に手をかける。

決着は瞬《また》く間についた。リステル邸の扉は大きく開かれ、中年男は勝ち誇った表情で、アリアンの細い手首を捕まえていた。

「もう一度出直せだと？　まだ自分の立場ってもんがわかっていないようだな。もうおまえは、サイラスのアリアンお嬢様じゃないんだ。それに、なんだ。その服は？　大方、俺がやってくる前に逃げ出す算段だったんだろう。そんなのはこっちにはお見通しなんだよ！」

「放して、手を放しなさい！」

「いつまでも、そんな生意気な口を利いていると、客に愛想《あいそ》をつかされるぞ」

エドガルドは呆気《あっけ》にとられていた。

年端もいかぬ少女に男が乱暴を働くのを、これほど間近で見るのは初めてだった。まして、その少女とは知らぬ仲ではない。

最悪の形で破談になったとはいえ、弟の許婚だった娘だ。幼い頃、ともに遊んだ記憶もある。

その少女が、力ずくで戸口から引きずり出される姿に、エドガルドは我に返った。呆《ほう》けている場合ではない。

「待て！」

エドガルドは鋭い声を上げた。

「その娘に、なぜ乱暴を働く!?」

中年男は、迷惑そうな表情を隠しもせずに、エドガルドに顔を向けた。

「若様には関係のないことですよ。ゴトー、娘を連れて行け」

中年男は、アリアンの手首をむりやり引っ張り、下男に渡そうとした。

エドガルドは、下男の前に立ちはだかり、中年男の手を勢いよく叩《たた》き落とした。

「私はその娘の知り合いだ。話を聞こう。どこに連れて行こうというんだ」

だが、中年男はエドガルドに叩かれ赤くなった手の甲に一瞬目をやると、すぐに怒鳴り散らした。

「貴族の若様にゃ、関係ないって言ってんだろうが、おい！　ゴトー。なにぼけっと突っ立ってんだ！」

身なりはよかろうと、男の素性《すじよう》が怪《あや》しいことは理解できた。

エドガルドは、アリアンを庇《かば》いながら、摑《つか》みかかってきたゴトーを、身体《からだ》をぶつけるようにして防いだ。そこに、中年男の拳《こぶし》が飛んできた。

あごを狙ってきた拳を、間一髪のところで避け、中年男の腹に膝《ひざ》を叩き込む。

主人の一大事に駆け寄ってきたドーレに、突き飛ばすようにしてアリアンを預けると、エドガルドは二人を相手に勇猛果敢《ゆうもうかかん》に立ち向かった。

国王の祐筆を務める文官とはいえ、エドガルドは侯爵家の嫡男《ちやくなん》である。エルリックほどの体格には恵まれなかったかもしれないが、幼い頃から名のある騎士の指導を受けている。

腕力だけを問題にすれば、ゴトーという下男には勝てないだろう。中年男も、腕に覚えがあるようで、繰り出す拳は、正確で鋭かった。だが、いざとなれば、国王陛下の側近として剣を振るうこともある立場だ。所詮《しよせん》は素人《しろうと》でしかない彼らは、敵ではない。

乱闘が長引けば、自分が不利になることはわかっていたので、遠慮はしなかった。殴りかかってきた中年男の腕を摑み、力いっぱい引き寄せる。男が体勢を崩したのを見逃さず、足を払った。

倒れる男の身体に渾身《こんしん》の蹴りを入れ、その反動を利用し、後ろから襲いかかってきたゴトー に回し蹴りを食らわせる。

一瞬顔をしかめたものの、ゴトーはエドガルドに抱きつくと、骨も折れよとばかりに太い腕に力をこめた。

エドガルドは、自分の背骨がみしみしと軋《きし》む音を聞いた。息が詰まる。

ゴトーは、自分の優勢を信じ、にやりと笑った。それがエドガルドを刺激した。

エドガルドは苦しそうにうめきながら、男から少しでも離れようと背を逸《そ》らした。

ゴトーは薄ら笑いを浮かべながら、さらに腕に力をこめてくる。

エドガルドは呻《うめ》きながら反り返り、腹筋に力をこめ、ゴトーのにやけた顔めがけて頭を打ちつけた。

右の額に痛みが走ったが、相手の顔面から骨がひしゃげる音がしたことに、ほくそ笑む。

気がつけば、ゴトーはその場にうずくまり、両手で顔面を押さえていた。その指の間から、泡混じりの血潮が、溢《あふ》れ出る。

中年男は、地面にしりもちをついた状態で、顔を強張らせ、目を丸くしていた。

エドガルドは、男の前で片膝を突いた。

「話をする気になったかな?」

男は額に脂汗を浮かべ、情けない姿のまま、二度、三度とうなずいた。

「娘をどこに連れて行く気だ？」

エドガルドはそう尋ねながら、アリアンを振り返った。

ドーレの背後で、彼女は木の葉のように震えていた。

「うちの店に」

「なんの店だ？」

「娼館です……」

「娼館？」

エドガルドが、男の言葉を確かめるつもりで繰り返すと、アリアンは両手で耳を覆《おお》った。

その姿があまりに痛々しく、エドガルドは眉を顰《ひそ》めた。

「なぜだ？」

尋ねるエドガルドの声が、本人も気づかぬうちに、低い険悪なものとなっていた。そこに危険なものを感じたのだろう。男は抗弁でもするように、大きな声を上げた。

「これは正規の取引なんだ。あっしはなにも悪いことたあしていねえんですよ。文句は、死んじまったサイラスに言ってくださいまし！　サイラスが、借金なんかするからいけねえんだ!!」

「借金はお返しすると言ったはずです」

震えてこそいるものの、しっかりした声が、聞こえきた。

アリアンはドーレの傍《かたわ》らで、真剣な表情で男に話しかけていた。

「レスターが、屋敷を買ってくれる人を探しています。間に合わなければ、この屋敷を差し上げます。それで十分でしょう」

「こんな屋敷！」

男は、アリアンに向かって怒鳴った。

「とっくに抵当に入っているんだよ！」

アリアンは、その事実を知らなかったのだろう。そうでなくとも青白い顔から、血の気が引いていく。まだ少しは赤みのあった唇が、たちまち薄紫に変わるのが、エドガルドには印象深かった。

アリアンは、その場にくずおれた。ドーレがあわてて、介抱《かいほう》に当たる。

そのすべてが、エドガルドの目には、醜悪《しゅうあく》な茶番劇に映った。

「いくらだ？」

気を失いかけているアリアンを、男はいまだに睨《にら》みつけていた。それを靴先で軽く蹴りつけ、エドガルドは尋ねた。

「へ？」

「金額だ。彼女の借金はいくらだ？」

男が口にした金額は、かなりの大金だった。

「サイラスが、おまえから借りたのか？」

「いいえ、誰が借りた相手かは知りませんよ。ただ、サイラスが死んだもんで、貸した金を少しでも回収するため、借用書が売りに出てたんでさ」

「借用書はどこにある？」

男はしぶしぶと懐《ふところ》の中から、一枚の羊皮紙《ようひし》を取り出した。

懐かしいサイラスの文字。彼の手で書かれた金額は、いま男が口にした金額の半分ほどにしかすぎなかった。

エドガルドは、腰に下げていた革袋《かわ》から、羊皮紙に書かれていた金額を数えると、男の足元に放った。

しりもちをついたままだった男は、がばっと身体を起こすと、地面に落ちた金貨を両手で掻《か》き集める。

「若様、これじゃあっしは大損ですよ」

「この借用書をいくらで買ったか、正直に言え」

男が新たに口にした金額は、先程よりはずいぶん少なかった。それでも、少しは上乗せしているのだろう。

それを薄々わかっていながら、エドガルドは言われた分だけ、さらにくれてやった。

後々文句を言われたくなかったのだ。

「さあ、その金を持って、私の前から消えろ！　あそこで呻《うめ》いてる大男も忘れずにな」

男は未練ありげにアリアンを一瞥《いちべつ》してから、顔を血まみれにした下男とともに、その場を去った。

「旦那様、大丈夫ですか？」

涼しい顔で、ドーレが尋ねる。

「心配なら、加勢してくれてもいいだろう」

「ご冗談を。この年寄りになにができるというのです？」

主人の力量を誰よりも熟知しているドーレは、あの程度の相手ならエドガルド一人で十分と判断したのだ。

「よく言う。頭突きを教えてくれたのは、おまえだろう」

「ええ、教えた甲斐《かい》がございました。敵を油断させた、あの演技も含めてお見事でした」

「まったく、おまえは相変わらず口が減らないな」

頭突きをしたとき、ゴトーの歯がかすったのだろう。痛みを感じた額には、蚯蚓《みみず》腫《ば》れができていた。男の拳を何発かもらったが、たいしたダメージではなかった。両腕が若干《じゃっかん》痛むものの、二人を相手にしてたいした怪我もなくすんだことはありがたいとエドガルドは思った。

その額に、濡《ぬ》れたハンカチがそっと押し当てられた。

アリアンが背伸びして、傷口を冷やしていた。

ふと、思い出す。

幼い頃のアリアンが、エルリックの膝小僧に魔法の呪文を唱えていた姿を。

エルリックが転んだかなにかしたのだ。ズボンの布地が破れたほどだ。擦り傷というには深すぎる怪我だった。

付き添っていた侍女が、男手を求めて屋敷に駆け戻ってきた。

エミールとともに急いで走っていくと、普段我慢強いエルリックの瞳が潤《うる》んでいた。歯を食いしばり堪《こら》えていたが、よほど痛かったのだろう。

エルリックが十歳か十一歳頃のことだ。アリアンは七つか八つだったろう。

エルリックの傷口を、アリアンは自分のドレスの裾《すそ》で拭っていた。下草の上には、彼女のハンカチが落ちていた。血で真っ赤に染まっていた。

『エド兄さま、エド兄さま！　エル兄さまを助けてあげて。血がとまらないの。拭《ふ》いても、拭いても、血がとまらないの』

顔をくしゃくしゃにして、涙をぽろぽろ零《こぼ》しながら、ちいさなアリアンは自分のほうが痛そうな顔をして、エルリックを介抱していた。

自分のドレスがだめになるなどとは、まったく考えていなかったに違いない。

そういう娘だった。心根の優しい娘だった。

それなのに、アリアンはエミールを裏切ったのだ。庭師と恋に落ち、駆け落ちを企《くわだ》てて。

エドガルドはアリアンの手を、自分の額から乱暴に払った。

「かすり傷だ。冷やすほどじゃない」

アリアンは、払われた手を胸の前で固く握り締め、エドガルドを見上げていた。

大きな瞳に見つめられ、エドガルドは自分がなぜここにきたのかも忘れ、目の前のほっそりした少女のなかに、かつての面影を探した。

露《つゆ》を含んだ瞳、少し大きめのふっくらとした唇。そして、金色の巻き毛。

痩せてやつれてしまった顔の周りで、楽しげに躍っているような巻き毛。

どんなに見てくれが変わろうと、この巻き毛だけは変わらない。

こめかみ近くの一房は、指先で突っつけばいまにも取れてしまいそうじゃないか。

変わらない。覚えている。

侍女が、どれほど丁寧《ていねい》に編んでも、このこめかみの巻き毛だけは、いつも同じだった。元気に飛び跳《は》ねるアリアンと一緒に、この巻き毛も揺れていた。

ごくりと喉《のど》の鳴る音が聞こえた。

エドガルドは、それが自分の喉の音かと、我に返った。だが、喉を鳴らしたのは、目の前のアリアンだった。

彼女は、ふっくらとした唇をわななかせ、全身から搾《しぼ》り出すようにして、こう言った。

「お金は」

よほど口が渇いているのだろう。彼女はまた喉を鳴らし、次に乾いた唇を舌先で湿らせ、続きを口にした。

「お金は、必ずお返しいたします」

アリアンの唇から、金という言葉がこぼれ出たことに、エドガルドは苦いものを感じた。

「屋敷はもはや人のものだというではないか。どうやって返す？」

「レスターが、お金を作るといっております」

レスターという名を、自分がつい最近聞いたことを、エドガルドは思い出していた。

閉鎖されたリステル商会の店舗の前で、声をかけてきた、あの男だ。人を泥棒扱いした男だ。

それと同時に、つい先程金で追い払った娼館の男が、アリアンに投げつけた言葉も、思い出された。

——あの庭師の男は、都から帰っていないんだろう？

庭師、あのレスターと名乗った男が、庭師なのか？

エドガルドは、まるで殴られたような衝撃を感じた。

殴られた場所は、胸だ。ひどく痛む。それに、苦しいほど鼓動《こどう》を打ち始めた。

信じられなかった。信じられないことばかり続く。

庭師——。

エミールの手紙には、こう書いてあったはずだ。アリアンは、庭師と駆け落ちしたと。

庭師、と――――。

暗がりで見たとはいえ、若いとは言えなかった。アリアンは、エミールと七つ違いだから、いま十七歳のはず。だが、あのレスターと名乗った男は、いま二十六歳のエドガルドより年上に見えた。下手をすれば、亡くなったサイラスとそれほど変わらないかもしれない。

アリアンは、あのエミールを裏切り、あれほど年の離れた男と駆け落ちしようとしたのか。

「アリアン、私はそのレスターという男ではなく、君に返してもらいたい。私は君のために、金を払ったんだ。君が返すのが道理ではないかな」

「でも……」

「言い訳は聞きたくない。返す気があるのか、ないのか。それだけ答えればいい」

「返します！」

アリアンは強い口調で答えた。

「どうやって？」

「働きます。働いて、お返しします」

「働き口は？」

「それは、まだ……。でも、見つけます。必ず見つけて、お返しします」

「では、そうしてもらおう。いますぐ、荷物をまとめたまえ」

「え？」

「君には、アスティルの領主館で召使として働いてもらう。あとできちんと計算するが、五年も真面目《まじめ》に働けば、借金は返済できるだろう。いいな」

「待ってください。子爵様。私の一存では決められません。レスターと相談しなければ……」

「アリアン！」

　自分自身驚くほど、きつい口調だった。

「私の前で、その名前は二度と口にしないでもらおう。その男は、先日都で私を泥棒扱いした。正直、不愉快だ」

　アリアンが戸惑った表情を浮かべる。エドガルドはその顔を見たくなくて、急いで懐から小さな箱を取り出した。

「私が、君に会いにきたのは、これを渡すためだ。開けてごらん」

　アリアンが箱を開けるのを見守りながら、エドガルドはサイラスの臨終《りんじゅう》の言葉を伝えた。

「砂漠の薔薇だわ……」

　アリアンの声は、上ずっていた。涙を堪えているのだろう。

「小さいけれど、……本物の薔薇みたい」

　アリアンは、涙を見られまいと思ったのか、不自然なほど顔をふせ、箱の中の砂漠の薔薇に指を伸ばした。

緩やかな曲線を描く、砂の花びら。

アリアンの細い指が、砂漠の薔薇をそっとつまみ上げた。だがほんの少し持ち上げただけで、砂でできた薔薇は、二つに割れ、彼女の指先から箱の中へと落ちる。

エドガルドは、心臓が縮み上がった。先程の乱闘で、おそらくひびが入ったのだ。

「すまない」

あまりのことに、エドガルドは謝罪の言葉すら満足に浮かばなかった。

「お気になさらないでください」

「気にするな？　そんなことができるはずがないだろう。これはサイラスが最期《さいご》に遺《のこ》したものなのに」

「ええ、その気持ちはこうして届きました。それで十分なんです。それに、おじさまの最期の言葉が聞けて、どんなに嬉しいか。どんなに幸せか……」

それに、砂漠の薔薇はたくさん持っているのだと、アリアンは言った。

エドガルドはすぐに荷造りするよう命じたが、リステル邸の玄関には、衣装箱が二つ積み重ねてあった。

レスターの金策がうまくいかない場合、屋敷は手放すものと決めていたので、すぐ出て行けるよう用意してあったのだ。

アリアンが外出着を着ていたのも、そういう事情からだった。

屋敷の中に入ったエドガルドは、周囲に視線をやり、思わず呻いていた。

かつて、あれほど美しかったリステル邸は、すでにがらんどうとなっていた。

壁を飾っていた異国のタペストリーも、名高い画家が描いた絵画も、巧《たく》みの手による家具調度もすべて運び出されたあとだった。

借金の返済のために、売れるものはすべて売ったのだと、アリアンは悪びれずに答えた。

時には呆《あき》れ、時には羨《うらや》ましくなるほど、サイラスはアリアンが欲しがるものは、なんでも買い与えた。欲しがらなくても、興味を示しさえすれば、それは必ずアリアンの手元にやってきた。

あれほど贅沢《ぜいたく》な品々に囲まれていたアリアンに残されたものは、衣装箱二つ。

だが、それも間違いだった。

アリアンが、衣装箱のひとつを開けると、砂漠の花でいっぱいだった。

「たしかに、ずいぶんたくさんあるのだな」

アリアンは、衣装箱の中に、割れてしまった砂漠の薔薇が入った小箱を入れた。

「おじさまは、カナルサリに行くたび、砂漠の薔薇をお土産《みやげ》だといってくださいました」

「いったい、何回行ったんだ?」

「さあ、本当にいつの間にこんなに増えたんでしょう。でも、嬉しかったわ。おじさまは、わたくしのためて冒険の旅をやめておしまいになった。それでも、時折旅にでたくなるのでしょうね。カナルサリにはよく行かれました。おじさまは、海を渡り砂漠を旅し、活力を取り戻して帰っていらっしゃる。わたくしは生き生きと笑うおじさまの笑顔が好きでした。でも、都の暮らしは、おじさまからすぐに笑顔を奪ってしまうんです。それなのに、私を残して旅に出ることを、おじさまはいつもすまなく思っていらしたわ。さびしい思いをさせているって。そんなことなかったのに……」

アリアンはそう言うと、衣装箱のふたを閉じた。

「それで全部だな?」

アリアンが唇を引き結び、小さくうなずくと、エドガルドは近くの農家から借りてきた荷馬車に積み込むよう、ドーレに命じた。

「行こう」と、エドガルドが促す。

「子爵様、少しだけお待ちいただけますか」

「なんだ?」

「レスターに手紙を」

アリアンの言葉が終わるのを待たず、エドガルドは手で制した。

「その名は口にするなと言ったはずだ」

「でも」

「口答えは許さない。予定外のできごとで、ずいぶんと時間を無駄にしてしまった。馬には乗れたな？」

「はい」

口を尖《とが》らせているアリアンを見たくなくて、エドガルドは先に屋敷を出た。

夏の日差しが、斜《なな》めから降り注ぐ。すでに正午は過ぎていた。

娼館の男とアリアンが約束した時間は、午後だった。レスターは遅くとも、正午までには都から戻ってなければいけなかったのだ。

なのに、彼の姿はいまだに現れない。

エドガルドは振り返った。

アリアンは、生まれ育った屋敷に鍵をかけている。ケープの上からも、痩《や》せて浮き出た肩の骨が見て取れる。

エミールの友人たちが、子豚と彼女を嘲《あざけ》っていたのは、この春のことだ。

いまの彼女を見て、間違っても子豚などという者はいないだろう。

たった数カ月で、ここまで痩せるものなのだろうか。健康的な痩せ方ではない。顔色も悪いし、十七歳にしては生気がない。

エドガルドは肩をすくめた。

悪い男に騙《だま》されて駆け落ちした上、連れ戻されたのだ。その上、唯一《ゆいいつ》の保護者だった叔父《おじ》を失い、家財産もすべてなくなった。

アリアンは、そのレスターという男がやってくることをまだ信じている。だが、おそらく捨てられたのだ。財産がないことに気づいたのだろう。

自分が助ける筋合いではない。

だが、どうして見捨てることができるだろう。

「行くぞ！」

エドガルドは、背中を向けてから叫んだ。見たくなかったのだ。涙ぐんでいるに違いない、アリアンの顔を。

小さな足音が近づいてくる。

それを耳で確かめてから、エドガルドは自分の馬へと歩き出した。

「よいことをなさいました」

すべてを聞き終え、女中頭のキャロンは、真っ白なエプロンの端で、目尻《めじり》の涙を拭った。

「もし、旦那様が間に合わなかったら、アリアン様は……いいえ、アリアンはどうなっていたことでしょう。いまごろ娼館でひどい目に遭《あ》っていたかもしれませんわね」

「そうだな」

「お見捨てになれなかった旦那様のお気持ちも、あたくしにはよくわかりますよ。いずれにせよ、屋敷は人手に渡っていたのですから、住む家も職もなく、路頭に迷っていたことでしょう。あれほどサイラス様が、大事にお育てしたのに」

「サイラスが、甘やかしすぎたのだ。もう少し、現実というものを教えてやっていれば、男に騙されることもなかったろう」

「旦那様」

厳しい口調で、キャロンが言った。

「亡くなられた方を、どうこう言うものではありません。それより、これを好機と考えましょう。あたくしが厳しく躾《しつ》けます。どこに出しても恥ずかしくないよう、なにか一生の仕事になるようなことも教えましょう。お任せください」

エドガルドは、胸を撫で下ろした。正直、見捨てておけず連れてきたのはいいが、アリアンをこれからどう扱えばいいのか、まるで考えが浮かばなかったのだ。

キャロンが引き受けてくれれば、もう安心だ。

「よろしく頼むよ。キャロン。それと、私の朝食も、頼みたいのだが?」

「旦那様、昼食ですよ」

キャロンの言葉が正しいといわんばかりに、そのとき教会の鐘《かね》が、正午を告げるのだった。

## 2

「あら、ちょうどいいところへ」

キャロンが階段の踊り場まで差しかかると、厨房《ちゅうぼう》を任されているテッサリアが、階段を上がってくる。

「テッサリア。旦那様がお目覚めよ。食事の支度をしてちょうだい」

「あ、あの、キャロン様」

「なにか困ったことでも？」

「困っているわけではないんです。ただ……」

キャロンはため息をついた。夫を亡くしたテッサリアが、この領主館の料理番になってからもう五年になる。料理の腕はたしかだが、少々人見知りする性質で、言いたいことをはっきり言えないのが欠点だった。

「テッサリア。いま少し急いでいるの。困っていないのなら話は後で聞くわ。悪いわね」

「あ……、はい、わかりました」

歯切れの悪いテッサリアの返事に、肩をすくめたい気持ちだったが、それはおくびにも出さず、キャロンはいま下りてきた階段を上がっていった。

昨晩、アリアンを案内したのは屋根裏部屋だった。その中でも一番上等な部屋に案内したのは、アリアンがエドガルドの夜のお相手のために雇われたのではないかと思ったからだ。

エドガルドが愛人を持ったことは、一度もない。愛人どころか、過去に恋人がいたことすら怪《あや》しい。

クレイヴン侯爵《こうしゃく》夫人アリスが亡くなったのは、エドガルドが十七歳の年だった。子爵《ししゃく》位と領地を継ぎ、宮廷に伺候《しこう》することも決まり、毎日が慌ただしかった。財産の分与や王都リンスに小さな屋敷も構えなければいけない。その支度は母親の仕事だ。アリス夫人はそのすべてを万事そつなく整えた。

息子が晴れてアスティル子爵の称号を授けられた翌月、アリス夫人は亡くなった。

死因は、窒息死だった。

アリス夫人は肺を患《わずら》っていたのだ。吐いた血が喉《のど》に詰まった挙句《あげく》の窒息死。

朝になって、起こしに行ったメイドが見たものは、自分の血で赤く染まった枕の上で事切れている夫人の姿だった。

後になって思い返せば、亡くなる前年から、よく風邪《かぜ》を引き咳《せき》をしていた。だが、誰一人として、アリス夫人が不治の病《やまい》を患っているとは思いもしなかった。

侯爵の悲しみは深かった。なぜ愛する妻の病に気づいてやれなかったのかと、自分を責めた。侯爵の嘆きは深く、その後どれほど人に再婚を薦《すす》められようと、耳を貸そうともしなかった。

だが、クレイヴン侯爵のほかにも、アリス夫人の死を自分の責任と捕らえ、深い自責の念に苦しむものがいた。

エドガルドだった。

聡明《そうめい》で知られた彼も、実の母の死を冷静には受け止められなかったのだろう。

どうやらアリス夫人は、自分の病が肺病だということに気づいていた節がある。死因となった吐血はその量からいって、初めてのものではないという診《み》立てだった。肺病であることを知っていながら、あえてそれを口にしなかった理由は、ひとつしか考えられなかった。

エドガルドの叙爵《じょしゃく》。

事実、エドガルドが子爵となり、すべてが落ち着いたら、アリス夫人は空気のよいエルシンに旅をする予定になっていた。

のんびりと休養をとることになっていたのだ。

エドガルドは母の病に気づかなかった自分を責めた。自分の叙爵の準備で、侯爵家の誰も彼もが浮き足立っていた。それが、母の不調に誰も注意を向けなかった理由だと、自分を責めているのだ。

子爵領と侯爵領は地続きだ。この館も父侯爵が子爵だったころは、名ばかりの領主館で、狩猟館として使われるぐらいだった。だが、エドガルドは王都を離れると、たいがいこの領主館で過ごした。生まれ育った侯爵家の城館に滞在することはまれだ。

幼いころから、エドガルドの人となりを知っているキャロンには、その理由がわかっている。

城館には、アリス夫人の思い出が色濃く残っている。

夫人の部屋は、寝台の寝具を新しいものに変えた以外、手つかずの状態で残してある。寝る前に読んでいたに違いない詩集は、栞《しおり》を挟んだままナイトテーブルにおいてある。鏡台に斜めに置かれた金のブラシには、数本の髪の毛が絡《から》まったままだ。

そんなエドガルドが、キャロンは心配でならなかった。このままでは、エドガルドは一生妻を娶《めと》ることがないかもしれない。

母親の死ですら、自分の責任と捉えているエドガルドだ。

王家や貴族の花嫁には、跡取りを産むことが当然の義務とされている。だが、お産で命を落とす女性は多い。エドガルドももちろん、それを知っている。彼のことだ。それすらも自分の責任と思うのではないだろうか。

だから、侯爵がそろそろどうだと水を向けても興味を示さないのだろう。若い男性なのだから、浮名のひとつ立ってもおかしくない。だが、恋人の噂《うわさ》ひとつ聞こえてこないのは、結婚する意志がないからではないだろうか。

すこし前なら、それでもよかったかもしれない。

とりあえず、エミールがアリアンと結婚し、いずれ子供が生まれれば、その子に侯爵家を継がせることもできただろう。

だが、アリアンはエミールを裏切り、国王陛下《へいか》が認めた婚約は、破談となった。

改めて、エドガルドも侯爵家の血筋が絶えないよう、真剣に結婚について考えなければいけなくなったのだ。

「まったく、厄介《やっかい》なこと……」

キャロンは、屋根裏の一番大きな部屋の前で、つい愚痴《ぐち》を漏らしていた。

エドガルドの話を聞けば、同情は覚える。だが、自業自得と思ってしまうのが、正直な気持ちだ。

悪い男に騙《だま》されたのは可哀相《かわいそう》だが、騙されたのは愚《おろ》かだったからだ。

キャロンは、サイラスもアリアンも知っていた。親しく話したことはなかったが、幼いころのアリアンのことはよく覚えている。

サイラスが甘やかすだけ甘やかしていたことも。

「ゆっくり眠っていられるのも、これが最後でしょうね」

キャロンは独《ひと》り語ちた。

「いくら寝るのが遅かったといえ、昼過ぎまで起きてこないなんて、……本当に困ったこと」

キャロンは扉をノックした。だが、返事はない。

「はいりますよ！」

勢いよく扉を開け、なかに入ったが、部屋はもぬけの殻《から》だった。

「どういうこと？」

逃げ出したのではないかと、キャロンは慌てて部屋に入った。昨日、ドーレが運び込んだ衣装箱は二つともある。

「アリアン？」

いくらこの階で一番大きな部屋だといっても、所詮《しょせん》は屋根裏部屋だ。隠れるようなところはない。

「アリアン⁉」

部屋はきちんと整頓されていた。

昨晩使ったはずの寝台は、キャロンが整えたままだった。

「まあ、どこで寝たというの？」

なにしろ、年の離れた男と駆け落ちを企《くわだ》てた娘だ。最初に浮かぶ疑念は、どこかの寝台に潜り込んだのではないかというものだった。

いま領主館にいる男性といえば、エドガルドに家令のドーレ。ほかには二人の馬丁と臨時雇いの下男が一人、彼らは厩《うまや》の二階でともに寝起きをしている。

「まさか」とキャロンはつぶやいた。

だがすぐに自分の醜悪《しゅうあく》な想像を後悔することとなった。

シーツの折り込み方が、自分とは少しばかり違っている。キャロンは箱型にたたむのだが、いまは一度三角形にたたんでから、なかに折り込んである。

アリアンはこの寝台を使ったのだ。

「ベッドメーキングは教える必要がないようね」

落ち着いて部屋を見渡せば、人のいた気配《けはい》がある。

換気のため、窓は細く開けてあったし、水差しや水盤は使ったあとがある。

部屋の隅《すみ》にある椅子《いす》の背には、彼女が来ていたケープもかけてあった。

「どこに行ったのかしら」

キャロンは少し不安な面持ちで階下へと急いだ。すると、今度は通いのメイドが階段を駆け上がってくるではないか。

「キャロン様！」

「ソフィア、何事です。旦那様がいらっしゃるんですよ。うるさくしてはなりません」

キャロンの注意に、ソフィアと呼ばれた娘は、慌てて足を止めた。

「で、そんなに慌ててどうしたんです？」

「キャロン様、あたしくびになるんですか?」

「なにを言ってるの?」

「キャロン様、あたしいまこちらのお仕事をやめるわけにはいかないんです。父さんが怪我《けが》をして、あたしのお給金がないと弟たちが」

「落ち着きなさい。落ち着いて。あなたを辞《や》めさせるつもりはありませんよ。あなたがいま辞めたら、誰が洗濯をしてくれるの?」

「ほんとですか? あたし、新しい人は住み込みだって聞いたもんですから、てっきりくびになるんだと思って……」

「新しい人……? ああ、そうね。でも気にすることはないのよ。彼女は、行儀見習《ぎょうぎ》いのようなものだから」

キャロンがそう言うと、ソフィアはようやくほっとした顔を見せた。

「ソフィア、その子はいまどこにいるの?」

「洗濯室です。今日はあたし、なにをすればいいんでしょう」

キャロンは早足で階段を下りると、洗濯室へ急いだ。

洗濯室に入ったキャロンは、驚きのあまり言葉もなかった。

朝出した洗濯物は、もうすべて洗いあがり、干してあった。洗濯物は、糊《のり》が必要なものには糊が施され、袖口の皺《しわ》もしっかり叩《たた》いて伸ばしてあった。

窓の外を見れば、外に干すべきものは外に干してある。その区分にも間違いはなかった。

それどころか、昨日の分には、きちんとアイロンまで当ててあるではないか。

キャロンは、一番上にあったエプロンを手に取り、確かめた。

裾《すそ》を飾るプリーツにも丁寧《ていねい》にアイロンがかかっていた。

「ソフィアが嘆《なげ》くのも無理はないわね。……洗濯も教える必要はない、と」

キャロンがアリアンを見つけたのは、厨房だった。

彼女は無地のドレスに、身体には不釣り合いな大きなエプロンをつけて、食器を洗ってい
た。

「キャロン様」

テッサリアが助けを求めるような表情で、キャロンを見る。人見知りするテッサリアのこと
だ。自分の領地を脅《おびや》かされたような気分でいるのだろう。

キャロンは手招きで、テッサリアを廊下へと誘った。

「あなたがさっき話そうとしていたのは、このことね？」

テッサリアが大きくうなずく。

「まさか、朝食を彼女が作ったなんて言わないでね」

キャロンは、恐る恐る尋ねていた。これで料理までできるとなったら、自分はいったいなに
を教えればいいのだろう。

　だが、ありがたいことにテッサリアの返事は否だった。

「朝食はいつものようにあたしが作りました。あの娘は、あたしが起きだすより先にきて、火を熾《おこ》してお湯を沸かしててくれたんですよ」

「なぜ、朝食を運んできたとき、あたくしに話してくれなかったの?」

　つい咎《とが》めるような口ぶりになってしまったことを、キャロンはすぐに反省した。

「いいえ、違うわね。あたくしが先に話すべきだったわ。昨晩、あの子は夜遅くやってきたから、まだ寝ているものだとばかり思っていたのよ。洗濯を言いつけたのは、あなた?」

「いいえ、あの娘。料理はまったくの苦手らしくて、卵も満足に割れないんですよ。正直、邪魔だったんで水汲《く》みをするよう言ったんです。そうしたら、自分から洗濯をしてもいいかと言うもんですから」

「そう、悪かったわね。さっき、話にきたのはそのことなのね?」

　しかし、テッサリアは首を横に振った。

「キャロン様、あの娘、少しおかしいんですよ」

　キャロンは、心の中でやはりとうなずいていた。駆け落ちをするような娘なのだ。テッサリアにも気づくことがあったのだろう。

「おかしいってなにが?」

　キャロンが声を潜めると、テッサリアもそれに習った。

「あの娘、物を食べないんです」

「どういう意味?」

「ソフィアがやってきて、あたし自分がうっかりしていたことに気づいたんです。あの娘に朝食をやっていないことに。慌てて用意してやったんですけどね。食べないんですよ。食べようとはするんですけど、飲みこめないみたいで。あんまり辛《つら》そうなんで、残してもいいといったら、嬉しそうな顔をして。全部あわせても、小鳥ほどしか食べちゃいませんね」

キャロンはそれがどうしておかしなことなのか、理解できなかった。ただ、テッサリアは昔から料理の腕がいいことで知られていた。エドガルドも宮廷でだされるご馳走《ちそう》よりも、テッサリアの料理のほうが口に合うと、褒《ほ》めている。

テッサリアがそれをどんなに嬉しく思い、ひそかに誇りとしているのをキャロンは知っていた。アリアンが食べなかったことで、その自負心が傷ついたのだろう。

「旅の疲れが出たんでしょう」

優しく言うと、テッサリアは「そうですね」と相槌《あいづち》を打つ。彼女は、人と争うことを基本的に苦手としている。

「テッサリア、旦那様のお食事は?」

「テラスにお出ししました。お昼も兼ねているので、量を多めにしました。だから、食後には山薄荷《はっか》のお茶をお出しするといいと思いますよ」

「そうね、あたくしはお茶の支度をするから、その間にみんなを集めてくれる？　あの子の紹介をすませてしまいましょう」

キャロンが厨房に入ると、アリアンは布巾に熱湯をかけ消毒をしていた。

「昨日はよく眠れましたか？」

声をかけると、アリアンはさっと振り返り、気をつけの姿勢で顔を伏せ、「はい」と答えた。

キャロンは一瞬戸惑った。アリアンをなんと呼べばいいのか、すぐには浮かばなかったのだ。

「あなた、あたくしは以前あなたに会っています。なんと呼べばいいかしら？」

アリアンは、ほんの少し顔を上げた。キャロンがなにを言わんとしているのか、まったく理解できないようだった。

「言いにくいけれど、あなたの本名を知れば、例の醜聞《しゅうぶん》に気づく者もこの館にはいます。正直、あたくしもあなたをなんと呼べばいいのかわからないの。以前は、あなたをアリアン様と呼んでいたんですからね」

アリアンの薄紫の瞳《ひとみ》が青みを増すのを、キャロンは気まずい思いで見つめた。

「あなた、お母様の名前は？」

「ヴァイオレットと申します」

「旧姓は？」

「スティルです」

「よろしい。ヴァイオレット・スティルね。アリアン、今日からあなたのことをヴァイオレットと呼ばせてもらいます。あなたがあのアリアン・リステルだと知れば、召使たちが動揺しますからね。悪いけれど、受け入れてくれますね」

キャロンは、さりげなく視線を食器棚に向けた。

それ以上、アリアンの顔を見ていられなかったのだ。そうでなくとも青白い顔が、自分の言葉で強張っていくのは、見ていて気持ちのよいものではない。

そうこうしているうちに、すべての使用人が厨房に集まってきた。

「今日から、館で働くことになったヴァイオレット・スティルです。住み込みで働くのは初めてなので、皆が教えるように。ヴァイオレット、あなたもわからないことがあったら、なんでも聞きなさい。よろしいですね」

その後、全員の名前と役目を紹介し、顔合わせはすぐに終わった。

皆がそれぞれの部署に戻ると、厨房に残ったのはキャロンとテッサリアとアリアンだけだった。

「ヴァイオレット、旦那様は食後に必ずお茶を召し上がります。おまえ、お茶を淹《い》れてごらん」

アリアンは、はいと答えると、食器棚からティーポットとカップを取り出し、熱いお湯を注ぎいれた。

「どのお茶にいたしましょう?」

「そこの山薄荷を」

お茶を淹れるアリアンの手つきは申し分のないものだった。正しい手順を踏み、細心の注意を払っている。料理が苦手と聞いたが、ようするに経験がないだけなのだろう。

「テッサリア、面倒《めんどう》をかけるけれど、しばらくこの子を使ってちょうだい。家事全般をしこみたいのよ」

テッサリアは困ったと言いたげに眉を顰《ひそ》めたが、うなずいた。

「まずは、銀器でも磨かせればいいわ」


エドガルドは、涼しいテラスで食後のお茶を楽しんでいた。

「うまいな」

エドガルドが褒めると、キャロンはため息をついた。

「どうした? そんな浮かない顔をして。褒《ほ》めたのだぞ」

「いままでにもよくお出ししたお茶ですよ。味の違いなんてありますかしら?」

「そう言われればそうだが……、今日はあまり渋みを感じない」

「なるほど、これからお茶はヴァイオレットに淹れてもらいましょう」

「ヴァイオレット？　初めて聞く名だな。新しく雇い入れたのか？」

「ええ、旦那様が」

「？」

「アリアンのことです。テッサリアや馬丁のクルトはアリアン・リステルの姿は知らなくても、名前だけは知っていますからね。あまり気乗りはしませんが、偽名を使わせることにしました」

「そうか……、それでため息をついているのか？」

空になったカップにお茶を注ぎ足しながら、キャロンは固い口調で答えた。

「それだけじゃございません」

「やはり、なにか問題でもあるのか？」

「問題……。問題がないのが問題かもしれません」

「キャロン、わかるように話してくれないか」

「甘やかされて、なにもできない娘かと思っていたんです。でも、掃除と洗濯は慣れているようですね。料理は苦手のようだとテッサリアが申しておりましたが、まあそれは仕方のないことでしょう。ご存知のとおり、お茶は上手に淹れますから、経験をつめば問題ないでしょう」

キャロンは一つ一つアリアンの長所を挙げながら、心中穏やかではなかった。

貴族といっても、その暮らし向きは様々だ。クレイヴン侯爵家のように王家に劣らぬ財力を有する大貴族もいれば、領地すら持たない名ばかりの貧乏貴族もいる。

　エドガルドは将来、侯爵家を継ぐ身であるから、その妻が家事をすることはないといってもいいだろう。だが、家政に明るくなければ、召使たちを使いこなすことはできない。反対に、エミールのように財政困難な場合、その妻は直接家事を見ることになる。その点で、アリアンはエミールにふさわしい花嫁だったわけだ。

「問題がないのが問題ということは、教えることがない、だからなにを教えればいいのかわからなくて悩んでいる。そういうことかな？」

　エドガルドがからかうようにそう言うと、キャロンはまたため息をついた。

「いいえ、あのままエミール様の奥方になっていればと、思っただけですよ。若い娘というものは、時としてとても愚かになるものとわかっているつもりですが、……なぜそんな選択をしたのかと、考えていただけです。いまさら言っても詮無《せんな》きことですが」

　エドガルドも、キャロンと同じことを何度も考えていた。

　婚約者とはいえ、滅多《めった》に顔を合わすことのないエミールより、いつも側にいる庭師に心が傾くのはしょうがないと、頭のなかでは理解していた。だが、エドガルドが思い浮かべていた庭師は、アリアンと同世代の若者だった。若い娘が恋をしてもおかしくないような、顔がよく口のうまい男を想像していた。だが、実際に目にしたレスターは、体格こそよかったものの、美男子でもなければ軽薄な印象もなかった。

閉鎖されたリステル商会の建物を覗き込んでいたエドガルドに、厳しい声をかけたのは、忠誠心からではなかったろうか。

忠誠心に厚い者が、その家の娘を誘惑したりするだろうか。

それとも、財産目当ての誘惑などではなく、真実の愛がそこにあったのだろうか。

エドガルドは軽く首を横に振った。

真実の愛――――なんとも面映《おもはゆ》い言葉だ。

恋すらしたことのない自分には、わからない言葉だ。

この件については、ほかにも疑問点がある。

死の間際、アリアンの幸せだけを願っていたサイラスが、醜聞の相手であるレスターを、駆け落ち事件のあとも雇っていたことが、不可解だった。

そのような相手をいつまでも雇っているものだろうか。それとも、サイラスが認めたのだろうか。二人の愛を？

疑問はそれだけではなかった。

あのリステル商会が、これほど簡単に没落したことが解せなかった。

いくらサイラスが亡くなったとはいえ、これほど急速に資金繰りが悪くなるものだろうか？

それにレスターは金を作ると言っていたらしい。なにか心当たりがあったのだろうか。それともその場かぎりの言い逃れだったのか………。

アリアンがレスターに信頼を寄せているのはわかる。しかし、書置きすら残すことを許さなかったのに、アリアンはひどく取り乱すことはなかった。悲しそうにはしたものの、結果的には唯々諾々《いいだくだく》とエドガルドの決定に従ったのだ。

そこに、サイラスの心を動かすまでの情熱は感じられない。

騙されていたと気がついたからだろうか、それともほかになにか………。

「旦那様?」

その言葉に我に返ると、キャロンがティーポットを手にしたまま、心配そうにこちらを見ているではないか。

「いや、……すまない。考え事に夢中になっていたようだ。家事ができるのはよいことだ。父上やエミールの手前もある。素行に問題さえなければ、ほかの働き口を世話したほうがいいと思っている」

「そうですね。お二方の耳に入る前に見つかればよろしゅうございますね」

「そうだな。キャロン、私は明日からしばらくの間、留守にする。ドーレを連れて行く。言うまでもないことだが、館の管理をよろしく頼む」

おそらく、アリアンの落ち着き先を探しにいくのだろうと、キャロンは見当をつけた。

「承知いたしました」

その日の午後、キャロンはアリアンを裁縫室に呼び、言いつけた。

「ヴァイオレット、そのエプロンはおまえの体に合わないようだから、これを縫い直して自分用にしなさい」

そう言い置いて、裏庭の貯蔵小屋で入用なものはないかと在庫を調べていると、程なくしてソフィアの話し声が聞こえてきた。

「あんた、住み込みで働くのは初めてだって話だけど、前はどこで働いてたの?」

貯蔵室の小窓から外を窺《うかが》うと、ソフィアとアリアンが洗濯物を取り込んでいる。

縫い物を言いつけてから、たいして時間は経っていない。大方、要領のいいソフィアが、アリアンに手伝いを頼んだのだろうと、見当をつけた。

「リンス郊外の村です」

「村? そこでなにをしてたの? 洗濯女か、なにか?」

噂《うわさ》好きのソフィアに、いろいろ詮索《せんさく》されるのはあまりよいこととは言えない。ついうっかりと、アリアンが自分の素性を漏らしてしまう危険がある。

キャロンは急いで、貯蔵小屋を出た。

「ヴァイオレット、縫い物は終わったの?」

言い終える前に、気がついた。アリアンは身体にあったエプロンを身に着けているではないか。

手にとって縫い目を見ると、それは腕のいいお針子にも負けない、素晴らしいものだった。

キャロンは再び、アリアンを伴い裁縫室に向かった。

丈夫な布地でできた、飾りのまったくない実用的な古着を渡した。

「今度は、これを自分の寸法で縫いなさい」

この館の召使たちに、お仕着せのようなものはなかった。アリアンが着ているものも、自分のドレスだ。

布地も仕立てもとてもよいものだったが、けして華美ではない。普段から着ていたものなのだろう。

キャロンの記憶のなかのアリアンは、サイラスにつれられて侯爵家の城館に遊びに来ていた頃の姿だけだ。

お世辞にも姿のいい子供ではなかった。でも、着ているものはいつも趣味がよかった。

「いまおまえが着ているものは、女中には贅沢《ぜいたく》すぎます。高価なドレスを汚すのが嫌で、仕事を選ばれては困りますからね」

少しきついことを言ってしまったが、アリアンははいと答えると、仕事にかかった。

しばらく見ていると、アリアンの裁縫の腕が並々ならぬものであることがわかった。

「急ぐことはありませんからね。あまり根をつめないように」

だが、夕食の時間には、アリアンは寸法を直したドレスを身につけ、テッサリアを手伝い料理を食堂に運んでいたのだ。

次の日から、裁縫室がアリアンの仕事場となった。

小さな館だ。人手は十分足りている。通いのソフィアが、アリアンに近づき根掘り葉掘り聞き出す機会を与えたくない。そんなことになれば、いつかは彼女がエミール様の婚約者であったことが、領民たちに知れ渡ってしまうかもしれない。

手始めに、キャロンはアリアンにドーレの胴着を縫うことを命じた。彼女はそれをたった一日で仕上げてしまった。

次の日には、二人の馬丁たちの仕事着。それも三日で縫い上げた。

次には、極上の軽い布地で、エドガルドのシャツを任せてみた。

王都でエドガルドが仕立てさせたものが手本だ。

身頃には細いピンタック、襟元には白い絹糸で薔薇の刺繍《ししゅう》が施してある、恐ろしく手の込んだ品だった。

アリアンがたった二日でこれを縫い上げたとき、キャロンは舌《した》を巻いた。

仕上がりには、けちのつけようがなかった。面倒《めんどう》なピンタックは、都の仕立て屋のものより丁寧《ていねい》なほどだ。

キャロンは面白《おもしろ》くなってきた。

来る秋の収穫祭に、エドガルドが身につける一式をアリアンに任せることにした。

エドガルドは、派手で装飾過剰な衣装を好まない。

キャロンはあえてなにも言わなかった。形も布地もすべてアリアンの好みで作るようにと言った。

ただ、エドガルドに似合っていること、エドガルドが喜んで着てくれるもの、この二点を念頭に置いて仕立てるようにと命じた。

アリアンがエドガルドの胴着に選んだ布地は、萌黄《もえぎ》色の天鵞絨《ビロード》だった。彼女はその全面に深い緑色の絹糸で、蔓草《つるくさ》模様の刺繍を施す予定だった。

アリアンが明るい萌黄色を選んだときは、エドガルドに似合うとは思えず、少し残念だった。だが、途中まで刺繍を刺したそれは、キャロンの予想を覆《くつがえ》すものだった。

手の込んだ刺繍のおかげで、明るい萌黄色が落ち着いた色合いに変わる。豊穣《ほうじょう》を祝う祭りにふさわしい華やかさと落ち着いた趣味のよさが窺《うかが》える。

キャロンは出来上がるのが楽しみだった。

この衣装をまとったエドガルドは、どれほど立派に見えることだろう。

この時点で彼女は、アリアンの趣味のよさと裁縫の腕に、心からの賞賛を送っていた。

エドガルド様が帰ってきたら、このことをすぐにお知らせしなければ。

これほどの裁縫の腕があるのなら、ただのお針子で終わらせるのはもったいない。王都リンスに店を構えれば、すぐに顧客がつくだろう。

腕も確かな上、趣味もいい。それに勤勉で、キャロンが休むように言っても、すぐには聞かない。何度も促されて、ようやく針を置くといった感じだ。

裁縫室にこもりがちのアリアンを気遣《きづか》って、キャロンはお茶を淹《い》れることを、意識的に彼女に命じるようになった。

一緒にお茶を飲むようになって、キャロンはアリアンに急速に惹《ひ》かれていった。

彼女はおしゃべりではなかった。洗濯係のソフィアが、始終小鳥のようにおしゃべりするのとは、対照的だった。

だが、水を向ければ、優しい声でゆっくりと話す。

話していてわかったことは、彼女がどれほど育ての親であった、叔父のサイラスを愛していたかということだった。

彼女が語る幸せだった頃の思い出は、すべてサイラスと過ごした思い出だった。

サイラスが、カナルサリに行くたび買ってきてくれた土産、砂漠の薔薇のこともキャロンは、彼女の口から聞いた。

「本当に薔薇の形をしているんですよ。今度お見せいたしますね」

アリアンは、キャロンに見せるだけではなかった。ぜひ、貰《もら》って欲しいと言い出すのだった。

「あなたの叔父《おじ》様が遺《のこ》してくださったものでしょう？　貰うわけにはいかないわ」

「いいえ、そんなことおっしゃらずに……、わたくしキャロン様には心から感謝しているのです」

こんなことを言われる心当たりが、キャロンにはなかった。

「不安でした。なにもかも失くした上、叔父様まで亡くなられて。でも、いまわたくしはこうして、大好きな裁縫を心ゆくまで楽しんでいます。わたくし、エドガルド様に館で働くようにと言い渡されたとき、本当に困ったんです。もしお台所仕事を任されていたら、今頃わたくしはこの館から追い出されていたと思います」

「どうしてそんなことを？　あなたは上手にお茶を淹れるじゃない」

「お茶は、お料理じゃありませんわ。本当に苦手なんです。家にいた頃、習ったこともあるのですが、味付けがうまくいったためしがないんです」

「なんでも慣れですよ。経験をつめば、誰でも簡単なお料理はできるようになりますよ」

「卵も割れないのに？」

「誰でも最初はそうでしょう」

「最初に卵を割ったのは、パンケーキを初めて焼いたときでした。卵の殻がたくさん入っていて、じゃりじゃりしていました。でも、叔父様は美味《おい》しいと言っておかわりまでしてくださったんですよ。作った当の本人は、じゃりじゃりしているのが嫌で、一口で残したのに」

「優しい叔父様ね」

アリアンはうなずいた。

「叔父様は、次の日おなかを壊してしまったんです。わたくし、古い牛乳を使ってしまったんです。でも、叔父様はサワークリームの入ったパンケーキだと思われたんですって。村の呪い《まじな》師のおばあさんに苦い薬を煎《せん》じてもらって、そのお薬のおかげでやっとおなかの痛みがおさまったのに、叔父様はわたくしを一度も叱《しか》りませんでした」

「それは、あなたがいくつのときのことなの?」

「七つでした。叔父様と暮らすようになって、すぐのことでした。叔父様はきっと自分がとんでもない子供の面倒を見ることになったと、青くなっていらしたでしょうね」

キャロンは、首を横に振った。

「あたくしはそうは思わないわ。きっと叔父様は、あなたを引き取ってよかったと、心から思われたでしょう」

「キャロン様、本当にそうお思いですか?」

「ええ、だって聞いているだけで楽しくなるわ。一緒に暮らした叔父様も、きっと楽しかったはずよ」

「ああ、本当にそうだったら……」

結局、気づいてみれば、キャロンはアリアンから砂漠の薔薇を受け取っていた。

彼女の言葉には、飾りがなかった。無邪気《むじゃき》なほど純真で、どんなささやかな願いでも叶えてやりたくなってしまう。

アリアンが我が儘《まま》ばかり口にし、サイラスはそれを咎《とが》めもせず甘やかしていたと、勝手に決めつけていた。

でも、それが間違いだったことに、キャロンは気づいた。

サイラスは甘やかしたのではない。きっとアリアンの笑顔が見たかったのだ。笑顔見たさに、なんでも買い与えたのだろう。

だが、それらをアリアンが欲しがっていたかは疑問だった。

親しく接するうちに気づいたことだ。アリアンには、欲というものが感じられない。あれが欲しい、これが欲しいという強い物欲が感じられないのだ。

刺繍に使う緑の絹糸が、少なくなっていたことに気づいたキャロンは、ソフィアに駄賃《だちん》をやってあらかじめ補充してやった。

そのとき、アリアンは子供のように目を輝かせ、キャロンに何度も礼を言った。

キャロンは驚いてしまった。絹や宝石に囲まれて、贅沢《ぜいたく》に暮らしてきた娘が、刺繍糸をこれほど喜ぶとは思いもしなかった。

それに、この刺繍糸は、エドガルドの胴着に使う糸だ。出来上がってもアリアンの物になるわけでない。アリアンがお礼を言う筋合いではないのだ。キャロンが命じたことなのだから。

次の日、なぜかキャロンは近くの町に出かけていた。そして小間物屋の店先で、目についた刺繍糸を山ほど買い込んでいた。

この思いがけない品に、アリアンは踊らんばかりに喜んだ。

「素敵です。まあ、なんて綺麗な糸でしょう。それに、金色の糸まであるわ。これは、都でもなかなか手に入らないんです。それにとても高価でしょう。キャロン様、ご覧になってください。この金の糸で蔦《つた》の葉に葉脈を置いたらどうでしょう。派手ではないけれど、豪華になると思いません?」

アリアンの言うとおりだった。キャロンが感心して褒《ほ》めると、アリアンは照れくさそうに頬《ほお》を染め、また刺繍に取りかかった。

夢中になると、周りが目に入らなくなるのか、キャロンが裁縫室に入ってきたことに気づかなかったことも一度や二度ではなかった。

ある日、キャロンはアリアンに尋ねた。

なぜ、そんなに根をつめるのかと。

「秋の収穫祭まで、時間は十分にあるのよ。疲れた手で針を持っても、縫い目が乱れるだけじゃないの」

「いいえ、そんなことはいたしません。心をこめて縫っています。もし縫い目が乱れれば、何度でも解《ほど》いてやり直します」

　キャロンにしてみれば、軽いからかいだった。縫い目のことなど、心配していない。心配なのは、アリアンの身体だった。

　だが、アリアンにしてはめずらしく、口調がきつかった。

「でも、本当に急ぐ必要はないのよ。収穫祭のあとは、冬物の支度があるけれど、肌着やシャツがほとんどよ。それに収穫祭が終わったら、旦那様は王都に戻られるし」

「それでは冬至祭のときは、こちらにはいらっしゃらないのですか？」

「そうよ、それに今年旦那様は国王陛下のご名代《みょうだい》として、セラウィン帝国に旅をされたでしょう。そのご褒美《ほうび》に国王陛下から勲章をいただくことになっているのよ。だから、都の王室御用《ごよう》達《たし》の仕立て屋で大礼服を新調なさる。つまり、この衣装が出来上がったあとは、しばらくあなたは暇になるわ」

　暇になると聞かされて、青褪《あおざ》める人間をキャロンは初めて見た。

「暇になったら、わたくしはどうなるのですか？」

「まあ、なぜそんなに血相を変える必要があるの？　あなたにやってもらう仕事はいくらでもありますよ。収穫祭のあとは、冬を迎える準備があるわ。一年分の砂糖漬けや酢漬けを作るのは、テッサリア一人じゃ無理でしょ。それだけでも一仕事よ。森に入って栗《くり》や茸《きのこ》もとってくるし、冬にそなえてほだにする柴《しば》も刈《か》ってこなくちゃ、これはあたくしたち女の仕事よ。冬至が近づけば、大掃除もあるわ。反対に言えば、のんびりできるのは、夏だけかもしれないわね」

その日の夕方、キャロンはアリアンを散歩に誘った。

アスティルは特筆するような景観には恵まれていないが、緑にあふれた美しい地方だった。

館の裏は林になっている。踏み分け道を抜けると、緩やかな丘がいくつもつらなる広々とした場所に出る。

夏の草花が咲き乱れていた。

白や紫の蛍草、色あざやかな黄百合、さやさやと風に揺れる花篭草、野生の薄紅葵。

それらを包むのは、夏の終わり特有の薔薇色の日没だった。

目の前に広がる広大な自然は、すべてが薄い紗《しゃ》のベールで覆われているように見える。

「ねえ、アリアン」

キャロンは、わざと本名でアリアンを呼んだ。

広い野原に、二人のほかに人影はない。

「教えて欲しいの。なぜ、そんなに根をつめるの？　あなたが仕事ができることは、もう誰もが認めているわ。なぜ休む間も惜しんで、働き続けるの？」

「聞いても、笑いません？」

つばの広い麦藁《むぎわら》帽子をかぶったアリアンは、無邪気な子供にしか見えなかった。

「笑わないわ」

キャロンが約束すると、アリアンははにかんだ表情で、「絶対ですよ」と念を押してから、こう言った。

「エドガルド様だけでした」

その声の響きは、キャロンの気持ちを捉えた。

「わたくしがなにもかも失ったとき、助けてくださったのは、エドガルド様だけでした。お聞きになっていますか？　わたくしが娼館に連れて行かれそうになったことを」

キャロンはうなずいた。

「あのとき、エドガルド様がお金を出してくださらなかったら、わたくしは今頃どうなっていたことでしょう。エドガルド様は、わたくしの魂《たましい》の恩人です」

キャロルは、魂の恩人という言葉に興味を持った。命の恩人という言葉は、いままで何度も聞いたことがある。だが、魂の恩人という言葉を耳にするのは、これが初めてだった。

「魂の恩人って、どういう意味なの？」

「もし、娼婦に身を堕《お》としたとしても、人はそう簡単に死ねはしないでしょう？　叔父様は、どんなに危険な目に遭《あ》っても、諦めてはいけないとおっしゃいました。諦めるということは、自分の手で自分の命を捨ててしまうことと同じだとおっしゃっていましたわ。だから、わたくしは春を鬻《ひさ》ぐ身になったとしても、生きていたと思います。どれほど絶望しても、生きていたでしょう。でも、胸を張って生きてはいけなかったと思います。生きて呼吸をしていても、魂は死んでしまったと思います。それを救ってくださったのが、エドガルド様です。だから、せめてもの恩返しに、素晴らしい衣装を作りたいんです」

キャロンは言葉がなかった。

なんと純真な心だろう。

「いまのわたくしの頭の中は、あの衣装のことでいっぱいなんです。ほかの事なんて考えていられない。わたくしがお料理を苦手とするのは、このせいなんです。お裁縫のことを考えていると、自分がお料理していることを忘れてしまうんです」

二人はくすくすと声を上げて笑った。

「好き嫌い、向き不向きはあるものよ。深刻に悩む必要はないわ。あなたの裁縫の腕は神様がくださった贈り物ね」

キャロンがそう言うと、アリアンは驚いたように顔を上げた。いまにも零《こぼ》れ落ちそうな瞳は、夕空と同じ紫がかった青だった。

「どうしたの？　なにか気に障《さわ》るようなことを言ったかしら？」

「いいえ、いいえ、違うんです」

アリアンは勢いよく頭を振った。麦藁帽子が小さな風を起こすほどの勢いだ。

「昔、エドガルド様もそうおっしゃってくださったんです。アリアンは縫い物が上手だって。神様の贈り物だって！」

アリアンの瞳に水の膜が張った。その向こうで揺れている瞳は、宝石のように澄んでいた。

「おじさまのほかに、わたくしを可愛《かわい》いと言ってくださる方はいなかった。みんな、わたくしが莫大《ばくだい》な財産を持っていることを、幸運だと言いました。エミール様のような、素晴らしい方と婚約できて、幸せ者だと言いました。でも、その財産がどうやってできたか、ご存知でしょう？　両親の早すぎる死が、私に莫大な財産をもたらしました。それを幸運と思えるはずがありません。でも、エドガルド様だけはそんなこと、一度も口になさったことはございませんでした」

キャロンは、アリアンの告白に胸が痛んだ。自分もその一人だ。

記憶の中にある幼いアリアンは、器量のよい子供ではなかった。エミールが稀《まれ》に見る美貌の持ち主だったから、なおさら不釣り合いに思えてならなかった。でも、アリアン・リステルには素晴らしい財産がある。

それで、この婚約を誰もが受け入れていた。

でも、それがアリアンをどれほど傷つけていたことか。

「もう、エドガルド様は、覚えていらっしゃらないと思います。昔、お誕生日にハンカチを贈ったことがあるんです。白いハンカチに白の絹糸で、お名前のイニシャルを刺繍したんです。それを綺麗だと褒《ほ》めてくださいました。とても上手だと、褒めてくださいました。わたくしにも人に褒めていただけるものがある。そう思いました。それがどれほど嬉しかったか

「…………」

キャロンは、ようやくアリアンの熱意のすべてが理解できたような気がした。

「そうだったの、アリアン。わかったわ。でも約束してね。あなたが身体を壊したら、だんな様はどんなに素晴らしい衣装が出来上がっても、心から喜ばれたりはなさらないわ。だから、これからは適度な休みを入れ、食事もきちんと摂《と》りなさい。そうでないと、針を全部隠してしまいますよ」

キャロンの言葉に、アリアンは一瞬震え上がった。だが、普段は厳しい女中頭の目が、優しく微笑《ほほえ》んでいることに、ほっと胸を撫で下ろした。

「わかりました。お約束します。エドガルド様にこれ以上、ご迷惑をかけないよう、無理はいたしません」

その日の夕食を、アリアンは時間こそかかりはしたが、約束どおり綺麗に平らげた。

キャロルは、そんなアリアンがますますかわいらしく思えた。アリアンの食が細いと、繰り返し訴えていたテッサリアも、嬉しそうだった。

だが、しばらくすると、アリアンは顔色を悪くして、裏庭に駆け出した。

驚いたキャロンが、後を追いかけると、菩提樹の根元に胃のなかのものを全部吐き出している。

「大丈夫? どこか痛いところは?」

キャロンは、アリアンの背中をさすりながら、そう声をかけた。

アリアンは、吐き気がおさまった後も、苦しそうに肩で呼吸をしている。額には、脂汗《あぶらあせ》が浮き、目の下には隈《くま》ができていた。

近くの村の呪い師を呼ぶか、町の薬師《くすし》を呼ぼうか迷っていると、不意に脳裏《のうり》に閃《ひらめ》くものがあった。

「アリアン、正直に言いなさい。あなた、もしかして妊娠しているのではなくて？」

うつむいていたアリアンが、肩越しに振り返る。

館の窓から漏れてくる光だけでは、アリアンの表情すべてを読み取るには、明るさが足りなかった。

だが、キャロンは自分を見つめるアリアンの相貌《そうぼう》に、背筋が寒くなるのを感じた。

夕方、夏の草花が咲き乱れる野原で見た、美しい二粒の宝石は、消え去っていた。

あるのは、漆黒《しっこく》の闇《やみ》。

絶望を湛《たた》えた瞳。

「ありえません――――」

抑揚《よくよう》をなくした冷たい声が、はっきりとそう告げた。

それを最後に、アリアンは意識を手放したのだった。

# 3

領主館の裏に広がる森を抜けると、エドガルドは月の位置を確かめた。

夏から秋へと移ろう季節、月は右手に見える。

細い三日月だった。

「十日以上、留守にしていたのか」

誰に聞かせるでもなくつぶやいて、エドガルドは厩《うまや》に向かった。寝ている馬丁を起こすのは忍びなかったが、館に馬で乗りつければ、キャロンが召使たちを起こし、馬丁を呼びにやるだろう。それではいくらなんでも可哀相《かわいそう》だと、エドガルドは思ったのだ。

ところが、厩には明かりが灯《とも》っていた。

「なにか、あったのか?」

エドガルドはもう一度月を斜《なな》めに見上げ、夜半をとうに過ぎていることを確認した。

馬を下り手綱を取って厩に入ると、二人の馬丁が馬具を片付けていた。

「落ち着いたみたいでよかったな」

「キャロン様が取り乱すなんて、よほどあの子が可愛《かわい》いんですね」

「いや、実際可愛いよ。少し話しかけただけでも、ほっぺた真っ赤にして」

「お茶を淹《い》れてくれるとき、ミルクはって、聞いてくれるでしょう。そのとき、少し首を傾《かし》げるんですよ。あれが可愛いと思いませんか？」

「わかったぞ、だからおまえ最近、お茶の時間になると、そわそわするんだな」

エドガルドには、彼らが誰の話をしているのか、容易に推察できた。

「こんな夜遅く、ご苦労だな」

エドガルドが声をかけると、馬丁たちはぎょっとして振り返った。

「今頃、馬具を片付けているのは、なぜなんだ？」

自分でも、嫌味な口調だと思った。

「旦那様、女中のヴァイオレットが、夕食の最中に倒れたんでございます。それで、町までカナルサリ帰りの医者を呼びに行ったり、送ったりでこんな時間になってしまいました。すぐに片付けますんで」

エドガルドは、「そうか。ご苦労だったな」と愛馬の手綱を馬丁に渡し、急いで館へと向かった。小走りになる自分を抑《おさ》えることはできなかった。

館の正面に出ると、いくつかの窓に明かりが灯っている。人の気配《けはい》も夜の空気を縫って伝わってくる。

エドガルドがエントランスの扉を開けると、料理番のテッサリアがお茶を運んでいるところに出くわした。

「旦那様!?」

「アリ、……ヴァイオレットは?」

「キャロン様のお部屋です」

テッサリアが最後まで言い終わる前に、エドガルドはキャロンの部屋に足を急がせた。

扉を開くと、キャロンが驚いた顔でこちらを見ている。

ノックを忘れるほど、エドガルドは気が急いていた。

「まあ、旦那様!? ……こんな遅くにお帰りになられるなんて。もしかしてお一人ですか? ドーレは?」

キャロンが盛んに問いかけても、エドガルドの耳には届かなかった。

キャロンの背後にある寝台、枕の上で金の巻き毛が踊っている。

「どうしたんだ?」

「旦那様?」

「私が留守にしている間、なにがあったんだ? また痩《や》せているではないか!」

「旦那様」と、キャロンが口元に指を当てるのを見て、自分が知らないうちに大声を出していたことに、エドガルドは気づいた。

「ようやく薬が効いてきて、眠ったところなんですよ」

キャロンの物言いの優しさとそっとアリアンを窺《うかが》うまなざしの温かさに、エドガルドは目を見張る思いだった。

アリアンの境遇に同情はしていたが、どこかでそれを自業自得と蔑《さげす》んでいたキャロンが、まるで嘘《うそ》のようだった。

「旦那様、あたくしの落ち度でございます。テッサリアは初めからあたくしに注意を促しておりましたのに、それを軽く流していたために、こんなことになってしまいました」

「重いのか？　医者を呼んだのだろう？　なんと言っていた？」

足音を忍ばせ寝台に近づくと、エドガルドは矢継《やつ》ぎ早《ばや》にキャロンに尋ねた。

「しばらくは養生《ようじょう》に努めるようにと、医者は申しておりました」

「病名は？」

「病名は……ございません」

エドガルドは、その瞬間、自分の全身が雷《かみなり》に打たれたような感覚を覚えた。

「病名が……ない？　そんなはずがあるか……」

まぶたを閉じて眠る顔は、白いシーツよりなお白く見えた。血の通わぬ人形のようにも、すでに事切れた死人《しびと》のようにも見える。

エドガルドは、アリアンの顔の上にそっと手を伸ばした。その手がかすかに震えているのを、目にしたのはキャロンだけだった。

「息がある」

手のひらでアリアンの温かい呼吸を確かめ、エドガルドは心の底から安堵《あんど》した。

そして、もう一度キャロンに尋ねた。

「キャロン、本当のことを教えてほしい。アリアンは、肺病なんだな?」

その問いに、キャロンの心臓が大きく鼓動《こどう》を打った。

「旦那様、違います。誤解なさらないでくださいまし」

キャロンは、急いで先を続けた。どれほど慌てていたのだろう。ヴァイオレットという偽名を思い出す暇もなかった。

「アリアンは本当に病《やまい》ではないのです。強《し》いて言うなら、心の病だとお医者様は申しておりました」

「心の病?」

「はい、アリアンは食べることができないのです」

「どういう意味だ?」

「誰にもわかりません。今日の夕食は、いつもよりはたくさん食べたんです。ところが、全部戻してしまって……。口を漱《すす》がせて、白湯《さゆ》を飲ませたのですが、それも吐き出してしまって。それどころか、それが呼び水になって、また吐き気に襲われました。お腹のなかは空《から》っぽですから、吐くものとてございません。苦しそうに胃液ばかりを吐いて、それで慌ててお医者様を呼んだのですわ」

遠い町から医者が到着したときには、アリアンは一応落ち着いていた。

意識は朦朧《もうろう》としていたが、吐き気はおさまっていた。

医師ははじめ、軽い食あたりだろうと診断した。だが、アリアンがひどく痩せていることと体温が尋常《じんじょう》ではなく低いことに眉《まゆ》を顰《ひそ》め、すぐになにか食べさせるようにと命じた。

普段からアリアンの食事の量やその痩せ方に気をつけていたテッサリアは、すぐに麦粥《かゆ》を運んできた。

ミルクと蜂蜜で炊《た》いたそれが、上品な味でとても美味《おい》しいことをエドガルドも知っている。体調が悪いとき、なぜか欲しくなるのだ。

麦粥のぶつぶつどろどろとした食感を嫌う者は多い。だが、テッサリアは一度炊いた麦を丁《てい》寧《ねい》に裏ごしし、もう一度炊くのだ。この手間が、疲れた胃を優しく温めてくれる。

だが、この麦粥を口にするや、アリアンはまた吐き気に襲われた。お湯で割った葡萄酒も煎じ茶も受けつけない。ぬるい白湯ですら、吐き気を誘うらしい。

その間、アリアンは途切れ途切れに訴えた。

食べたいのに、食べられないのです。と。

「お医者様は、いつからだとお聞きになりました。春の終わりから少しずつ食欲がなくなり、夏になってからずっとだと答えておりました」

「ずっと、食べていないのか？」

「いいえ、テッサリアの話では、毎日ほんの少しでも食べていたそうです。ただ、量をすごすとこっそり戻していたと」

「でも、旦那様。量をすごすといっても、ほかの人の半分も食べていないんですよ」

いつの間にやってきたのか、お茶を載せた盆を持ったまま、テッサリアが口を挟む。

普段なら、咎《とが》めなくてはいけない行為だ。だが、人見知りの激しいテッサリアが、エドガルドに自分から口を利《き》くことなど、これが初めてだった。

「いつも食べたそうにしていました。でも、身体《からだ》が受け付けないように、あたしには見えました」

エドガルドは、自《みず》ら盆を受け取り、テッサリアに話しかけた。

「彼女のことを、いつも気にかけてくれてたんだね」

「あたしは料理番です。皆の食事に気を配るのが仕事ですから……」

「ありがとう」

エドガルドにそう言われると、テッサリアは困ったように顔を伏せた。自分がらしからぬ差し出口を利いたと思っているのだろう。

「おまえがいてくれるから、私は安心だよ」

キャロンは、明日の食事に支障があると困るからと、テッサリアに休むように命じた。館の料理番は、その言葉にしぶしぶと従ったが、最後まで眠るアリアンから目が離せない様子だった。

「短い間に、ずいぶん気に入られたようだな」

「一緒に暮らせば、この子がどんなに素直で可愛いか、誰でもわかりますもの。それなのに、あたくしはひどいことを言ってしまいました」

キャロンが後悔を滲《にじ》ませそう言った。

「キャロンが失言するなんて、めずらしいな。なんと言ったのだ?」

それを言わせるのかと、キャロンは咎《とが》める表情でエドガルドを見つめたが、彼に譲《ゆず》る気はなかった。

「戻しているアリアンを見て、あたくしはつい……妊娠しているのかと、言ってしまったんです。そのときのアリアンの顔ときたら……。あたくしはアリアンのあの瞳《ひとみ》を思い出すたび、自分の言葉を後悔するでしょう」

エドガルドは、深いため息をついた。

「キャロン、その件に関して、気に病む必要はない。おまえがそう考えた咎は、私にあるのだからね」

「旦那様?」

「クレイヴン家の人間は、一人の娘の将来を踏み躙《にじ》ってしまったんだ。それと気づかずにね」

「どういう意味でございます？」

「座ろう」

キャロンがいつも書き物に使っている丸いテーブルを挟んで、二人は堅い椅子《いす》に腰を下ろした。

二人とも、身体は寝台に向けている。アリアンを見守るためにだ。

「私が、ここ数日館を留守にしていたのは、リステル家の没落の理由を調べるためだ」

キャロンは眉間《みけん》に皺《しわ》を刻んだまま、うなずいた。

「まず、アリアンが生まれ育った村に行き、駆け落ち相手の庭師について聞いてまわった」

村には、リステル邸で働いた経験のある者がたくさんいた。

皆がみな、口をそろえて亡くなったサイラスを誉めそやし、リステル家が破産したことに心を痛め、アリアンがいまどうしているか、心配していた。

庭師レスターの評判は、悪いものではなかった。表向きは庭師だが、家令のドーレのように屋敷全般を任されていたらしい。

なんでも、ひどい怪我《けが》をしていたレスターをサイラスが助けたのが、出会いだったという。

風体や体格、また本人の話から、レスターはどこぞの金持ちの用心棒をしていたらしい。そこでしくじり、大怪我をした状態で放り出されていたのを、偶然サイラスが見つけたそうだ。

そのときの恩義に報《むく》いるため、レスターは身を粉《こ》にして、サイラスとアリアンに尽くしてきたらしい。

悪意を持って耳を傾けても、村人たちの話から、アリアンとレスターが駆け落ちをするような関係とは思えなかった。ほかに庭師がいたのではと考え、尋ねもしたが、年頃のアリアンがいるため、男を正式に雇うことはなかったそうだ。

アリアンに恋人はいなかったのかと、質問を変えると、村人の答えは千差万別だった。ある者は笑い飛ばし、ある者は口を噤《つぐ》んだ。だが、たった一つ共通していたのは、村人の誰一人として、アリアンが駆け落ちを企《くわだ》てたことに気づいていなかったのだ。

そこにドーレが、とんでもない情報を聞き出してきた。

エドガルドは身なりや物腰から、どうしても貴族ということが知れてしまう。だが、ドーレは必要に応じて、貴族に仕《つか》える家令にも、一杯飲みに酒場にふらりと立ち寄った旅人にも、うまく見せかけることができた。

ドーレが酒場で聞いた話によると、村人たちはエミールを快《こころよ》く思っていないというのだ。いや、快く思っていないどころか、憎んでいるといったほうが正しかった。

『許婚《いいなずけ》だよ。いくら侯爵《こうしゃく》家のご子息様だろうが男爵《だんしゃく》様だろうが、年に一度でもいい。顔を見せに来るぐらい、簡単なことじゃないか』

『うちの娘は、アリアン様のメイドをしてたがね、あれじゃお可哀相だとそりゃ腹を立ててたさ。誕生日だって、贈り物どころか、手紙のひとつなかったんだぞ。そんなことってあるかい？　それなのに、博打《ばくち》で負けると泣きつくのは実家じゃなく、許婚の家なんだからね』

『サイラス様も馬鹿だよ。あんな男、金で片がつくんなら、もっと早く婚約なんて解消してやりゃよかったんだ』

『いいや、婚約そのものが間違いだったんだよ』

初めに話を聞いたとき、エドガルドはひどく憤慨《ふんがい》した。

なにも知らない田舎者《いなか》が、エミールを愚弄《ぐろう》するのかと。罪のないドーレを怒鳴りつけてしまったほどだ。

だが、冷静になって考えれば、辻褄《つじつま》が合う。

エミールが正式な婚約以降、アリアンとほとんど会っていないことは、うすうす気づいていた。

それに、エミールの華やかな宮廷での暮らしぶりは、領地からの上がりや父が渡していた金では、賄《まかな》いきれない。

『青銅の間』では、賭け事が頻繁《ひんぱん》に行われていたから、そこで遊ぶ金をどうにか工面していたのだろうと、安易に考えていた。

だが、それが思い込みだったら？

エドガルドはドーレとともに、すぐに王都リンスに向かった。

リンスの歓楽街には、賭博場が軒《のき》を並べる区域がある。

社交場として名高い高級な店から、それこそ命さえもやり取りする場末の店まで、十数軒。

エドガルドはドーレをお供に、一軒一軒しらみつぶしに当たっていった。

顧客の情報は、秘密にすることが原則だ。だが、実の兄が借金の返済を匂わせれば、原則など守られるものではない。

エミールが贔屓《ひいき》にしていたのは、高級店より中堅クラスの店だった。

二軒の店がすべて返済されていると答え、三軒が清算を求めた。金額自体は、さほど大きいものではなかった。だが、これらはつい最近、負けたものだということだった。

なかでも比較的健全と思われる店の支配人は、声を潜めてエドガルドにこう忠告した。

『子爵《ししゃく》様、失礼を承知の上で申し上げるのですが、弟君を一刻も早く真人間に戻さなければ、侯爵家にも累《るい》が及ぶ事態になりかねません。リステル商会の二の舞になりますぞ』

賭博場の支配人に同情されたという事実は、エドガルドの心に激しい怒りを生んだ。それは、支配人に対してのものと、エミールに対してのものだった。

そして、リステル商会が破産した原因が、エミールにあると遠まわしに言われて、血が凍るような思いだった。

次にエドガルドがしたことは、金を使って情報を買うことだった。

欲しい情報は二つ。

リステル商会が破産に至るまでの金の動きと、レスターの消息だった。

『旦那様、すべてが明らかになる前に、当家が破産するかもしれません』と、ドーレは嘆《なげ》いたが、金の威力は絶大だった。

酒場で村人たちが言っていたことも、賭博場の支配人の言葉も真実だった。

エミールは、今年の初めに賭博で莫大な借金を負っていた。

それを完済したのは、サイラスだった。

金額を報告するドーレの声が震えていた。それを聞いたエドガルドの胸は、錆《さ》びた剣で抉《えぐ》られたかのように痛んだ。

最後に酒をともにしたサイラスの顔が、エドガルドを苦しめた。

彼は言っていたではないか。苦悩に満ちた表情で。

――エミール卿は、アリアンとの結婚を厭《いと》わしく思っているのではないでしょうか。

あれは、心の叫びだったのだ。

「あくまで私の推察だが、アリアンの駆け落ちは嘘だと思う。アリアンは、エミールの体面を保つため、駆け落ちを装ったに違いない」

エドガルドの押し殺した声に、キャロンは彼の苦しみを見る思いがした。

「でも、……でも旦那様。アリアンは謝罪の印にと、かなりの額をエミール様に支払ったと聞いております」

「もう、あの時点で、リステル商会の財政は破綻《はたん》していたのだ。エミールの借金を返すために、屋敷を抵当に入れて金を作ったのだよ、サイラスは」

「そんな……」

「商売の規模を縮小し、一からやり直そうとしていた矢先のサイラスの死だ。どれほどアリアンは傷ついたことだろう」

「悲しいことばかり。それでは、食べ物がろくに喉《のど》を通らないのも、うなずけますね……」

キャロンの悲しげな言葉に、エドガルドは首を横に振った。

「それだけではないだろう。エミールの遊び仲間に容姿について嘲笑《あざわら》われたのも、彼女の心を深く傷つけたに違いない」

エドガルドは例の一件をかいつまんで、話してやった。

キャロンは、泣いた。

アリアンの身の上があまりに哀《あわ》れで、涙を堪《こら》える術《すべ》がなかった。

そんなキャロンに、エドガルドはハンカチを差し出した。

「申し訳ございません。いい年になって、こんな……子供のように泣きじゃくって」

「ドーレも泣いたよ。男泣きに泣いたよ。アリアンが健気《けなげ》だと言って、エミールは愚《おろ》かだと泣きに泣いたよ」

二人はしばらくの間、なにも言わずにアリアンの寝顔をじっと見つめていた。

青白い顔、やつれた頬《ほお》、血の気のない唇《くちびる》、長い睫《まつげ》が頬に落とす影。

「キャロン、私はアリアンを妻に迎えようと思う。それが、クレイヴン侯爵家が犯した罪を、唯一《ゆいいつ》贖《あがな》う道だと思う」

キャロンは、はっと顔を上げた。

それは、許されないことだと、キャロンは思った。

エドガルドとエミールでは、立場が違う。

隣国のシルヴィアナ王国とは違い、ブノス王国では階級差のある結婚に寛容《かんよう》だと言われても、それが嫡男《ちゃくなん》ともなれば話が違ってくる。

それに、クレイヴン侯爵家は王家に劣らぬ名門。

エドガルド一人の思惑で、決められる話ではない。

それに真実はどうであれ、アリアン・リステルの評判は貴族社会では、ふしだらで愚かな娘と最悪なのだ。

「それは気高い行いだと思います。でも旦那様……」

勇気を出して口を開いたキャロンだったが、射るようなエドガルドの瞳に、なにか自分がひどく悪いことを言ったような気になって、うつむいてしまった。

「これは決定だ。国王陛下に直接、お許しをいただく。それで父上に勘当《かんどう》されるなら、されてもいい。陛下の祐筆《ゆうひつ》を辞《や》めることになってもかまわない。私は、人として信義を守りたい」

キャロンは心の中で叫んだ。

それは違う。間違っている。

いまのアリアンを救うのは、信義や罪を贖うことではない。

彼女が永遠に失ってしまったもの。

七つの時に失くし、いままた失ったもの。

無償の愛だけが、彼女を癒《いや》せるのだ。

だが、先程のエドガルドの視線を思い出すと、キャロンはなんと諭《さと》せばいいのか、わからなかった。

気がつくと、手のなかでハンカチが、ピリッと音を立てた。

エドガルドから借りたハンカチだと思い出し、キャロンはすぐさま謝った。

「申し訳ございません。粗相《そそう》をいたしました」

心痛のあまり、無意識のうちにきつく引き絞っていたのだろう。皺《しわ》になってしまったハンカチを広げ、キャロンは小首を傾《かし》げた。

随分《ずいぶん》古いハンカチだった。元は真っ白な布地だったに違いないのだが、全体的にくすんでいる。ところどころに洗っても落ちそうにない染みまである。

ハンカチの端には、白い絹糸でエドガルドのイニシャルが刺してあった。丁寧《ていねい》な刺繍《ししゅう》だったたが、初めて目にするものだった。エドガルドのイニシャルを刺繍するとき、文字に蔓草《つるくさ》を絡《から》めるのが決まりとなっているのだが、その蔓草がない。

初めて目にするハンカチだ。だが、記憶がそっとなにかをささやく。

なにか、思い出さなければいけないことがある、そう思いながら、キャロンはぼんやりとつぶやいた。

「新しいものを、おろしたほうがよろしゅうございますね。アリアンの裁縫の腕が際立っているんですよ」

つぶやいている途中で気がついた。このハンカチが誰からの贈り物なのか。

それを裏づけるように、キャロンの視界にエドガルドの手が伸びる。彼の大きな手は、古いハンカチをさっと奪っていった。

「これはいい。これは、特別なものなのだ」

エドガルドはそう言うと、ハンカチを懐《ふところ》にしまった。

左の胸の辺りに、それは大事そうに……。

キャロンは、うつむいたまま微笑《ほほえ》んだ。

余計な口を挟むのはよそう。

彼女はそう思った。

恋心などというものは、人に教えてもらうものではない。

甘い痛みに苦しみながら、気づくからこそ忘れられない想《おも》いになるのだ。深い想いになるのだ。

キャロンは、晴れ晴れとした思いで、顔を上げた。

「わかりました。あたくしはいつも旦那様の味方ですよ」

彼女がそう言うと、決定だと言い切ったはずのエドガルドが、嬉しそうに口元を歪《ゆが》める。

この結婚が、どれほど難しいものか、わかっているのだ。

「旦那様、お話がまだ途中ですよ。レスターの消息はつかめたのですか?」

「ああ、彼は例の娼館にアリアンがいるものと思い、一人で乗り込んでいったらしい。結局、数人がかりで殴《なぐ》られてひどい怪我《けが》をしている。一時は意識が戻らなかったほどだ。いまはドーレが、王都の屋敷で世話をしている。よくなり次第……」

そのとき、寝台の上で衣擦れの音が聞こえた。

エドガルドとキャロンが顔を向けると、上半身を起こしたアリアンが、幽鬼《ゆうき》を思わせる凍りついた表情で、こちらを凝視しているではないか。

「アリアン?」

エドガルドが腰を浮かした。だが、その動きがとまる。

アリアンの暗い瞳から、ぽろぽろと涙が零《こぼ》れ落ちた。彼女の乾いた唇から、悲痛な響きに満ちた細い悲鳴が、長く迸《ほとばし》った。

瞳は瞬きを忘れていた。紫がかった青い瞳は、いまはただ黒い影のようだった。いや、吸い込まれそうな二つの穴だ。

絶望という名の深淵《しんえん》だ。

「アリアン！」

エドガルドが、動いた。彼は寝台に駆けよると、アリアンの痩せた身体を抱きしめた。

「アリアン、アリアン……」

悲鳴はとまらない。

いや、アリアンが叫ぶ姿を目で見たから悲鳴だと思うのだ。その音だけ耳にしたならば、人の声には聞こえなかったろう。悲鳴とは思えなかったろう。

硝子《ガラス》に爪《つめ》を立てたような、神経に障《さわ》る甲高《かんだか》い音。

不安をあおる、冬枯れの木立を吹き行く、鋭い風のような音。

いたたまれずにキャロンは立ち上がった。

アリアンの悲鳴をとめてあげたかった。だが、なにをどうすればいいのかわからなかった。

そのとき、唐突に悲鳴が消えた。

キャロンは、ただただ目の前の光景に、目を丸くするばかりだった。

エドガルドの唇が、アリアンの悲鳴をふさいでいる。

「アリアン？　私が誰か、わかるかい？」

「エド兄さま……」

抑揚《よくよう》のない声が、そうささやいた。

「そう、私だよ」

「エド兄さま、わたくしのせいで、……今度はレスターが怪我をしたの？」

それは、普段のアリアンとは違い、舌《した》ったらずのどこか幼い口調だった。

「わたくしのせいで、みんな不幸になるわ」

「誰が？　誰が不幸になった？」

「エミール兄さま」

「アリアンのおかげで、エミールは借金取りに追いまわされずにすんだじゃないか」

「サイラスおじさま」

「きみのおかげで幸せな人生だったと、最期《さいご》に言い残したと、話さなかったかな？」

「レスターは？」

「心配ないよ。リンスの屋敷で、早く君に会うために、怪我を治している。すぐ会えるよ。今日だって、一緒に来るというのを、必死になって我慢《がまん》させたんだ」

「エド兄さまは？」

「私が？」

アリアンは子供のような口調で話した。だが、その内容は、現在のことだ。記憶が混濁《こんだく》しているのだろう。

「わたくしのために、エド兄さまはたくさんお金をなくしたわ」

「それで、君と一緒に暮らせるなら、ちっとも惜《お》しくない」

「本当？」

「本当だとも。わたしがアリアンに嘘をついたことがあるかい？」

「ないわ。いつも兄さまだけは、本当のわたくしを見てくださった」

「これからも、君を見ていたい。許してくれるかい？」

「いつも一緒にいていいの？」

「アリアン、私が願っているんだよ。さあ、涙を拭いて」

エドガルドが懐から、あのハンカチを取り出し、アリアンの涙を拭く。

「エド兄さま、このハンカチ持っていてくださったの？」

「私の宝物だからね」

いまのいままで、力なく投げ出されていたアリアンの腕が、ゆっくりと動いた。

痩せてしまった腕は、ゆっくりとエドガルドの背中に回った。

「エド兄さま……」

「アリアン。もう子供じゃないんだから、ちゃんと名前で呼ぶんだ」

「エドガルド？」

「そうだ」

アリアンが、嬉しそうに繰り返す。

「エドガルド」

何度目かに呼ばれた名前は、くぐもった音となって、エドガルドの唇に吸い込まれてしまった。

その段になって、ようやくキャロンは我に返った。自分がいま、とても無粋《ぶすい》な存在であることに気づくと、彼女は老いた頰に朱を散らし、忍び足で自分の部屋から逃げ出した。

部屋の外には、テッサリアが立っていた。

「キャロン様、あの子は幸せになるんですよね」

「旦那様が信じられない？」

「いえ、そういうつもりじゃなくて……、その……」

「大丈夫よ、長い片思いだったんですもの」

キャロンは、テッサリアに話してやろうと思った。

くすんでしまったハンカチの話を。

それを何年もの間、大事にしていた青年の話を。

宝物だと言い切った、不器用な男の話を。

# 結

「タージュ、はじめまして。あなたがわたくしの義妹《いもうと》になるのね？　この日をどれほど楽しみにしていたことか」

兄嫁、アリアン・アリス・ヴァン・クレイヴンは金の巻き毛が印象的な女性だった。目を見張るほどの美人ではないかもしれない。でも、彼女の笑顔には、満たされた者だけに許された温かな光が宿《やど》っていた。

アリアンは、タージュの手をとり、悲しそうにこう言った。

「娘のヴァイオレットに会っていただきたかったわ。でも、まだ生まれて二カ月でしょう。みんなに反対されてしまったのよ」

エドガルドは、秋に生まれた娘の名を、アリアンの母親からつけた。その前年に生まれた息子には、アリアンを心から愛した叔父《おじ》の名前を授けた。

「花嫁の祝福をいただきたかったのに。落ち着いたら、必ずいらしてね」

アリアンの傍《かたわ》らには、息子を抱いたエドガルドが立っていた。

もうじき数えの三歳になるサイラスは、父親のエドガルドと同じ緑色の瞳で、タージュの顔を覗き込んでいる。

サイラスは、しばらく眺めると、おもむろにしゃぶっていた指でタージュの額の痣《あざ》に触れ、笑顔でささやいた。

「きれいなおはな」

その瞬間、タージュは額の濡れた感触に、聖典にあるひとつの逸話《いつわ》を思い出した。

砂漠に起こった奇跡。

砂漠の只中で水も食料もなくした旅人が、死を覚悟し神に感謝の祈りを捧げたとき、天の御《み》遣《つか》いが与えたという、水の祝福を思った。

エドガルドとその妻が、エルリックとタージュに結婚の贈り物として携えてきたのは、砂漠の薔薇《ばら》だった。

「つまらないものと、思わないでね。これには秘密があるのよ」

アリアンは、紫がかかった青い瞳を悪戯《いたずら》そうに瞬《またた》かせながら、銀の指輪の縁で砂漠の薔薇の花びらに傷をつけた。

ぱらぱらと砂が落ちる。その下に覗く輝きに、タージュは目を見張った。

「サイラスおじさまの贈り物なのよ」

金塊に、砂と石灰で薔薇を象《かたど》らせたサイラスの深意は、いまとなっては永遠の謎だ。

サイラスは生前、酒に酔うと楽しそうに話していたそうだ。

──アリアンには、秘密の財産があるんだ。

万が一、僕の身になにがあっても困らないようにね。

忠義なレスターが王都で探していたのは、アリアンの隠し財産だった。

それは、砂漠の薔薇に姿を変え、常に彼女の傍らにあったのだ。

「わたくしが女中頭に贈ったものと、エドガルド様がカナルサリの方から預かったものとでは、重さが違っていたの。それで、気がついたのよ」

衣装箱に詰め込まれていたたくさんの砂漠の薔薇は、そのほとんどが金塊だった。

アリアンが失った莫大な財産に比べれば、衣装箱ひとつ分の金塊では遠く及ばないかもしれない。だが、花嫁の持参金として、けして恥ずかしいものではなかった。

そしてなによりも大切なことは、この薔薇をとおして、アリアンは叔父サイラスの愛を、改めて実感できたことだった。

サイラスは冒険を愛するように、アリアンを愛したのだ。

冒険を楽しむように、アリアンと暮らすことを楽しんだのだ。そうでなければ、こんな悪戯を思いつくだろうか？

「とこしえの薔薇よ」

アリアンはタージュに微笑んだ。

たしかに、金の輝きは永遠のものだ。
「これは、わたくしたちの胸に咲く愛の花を、形にしたものだと思っているの。知っていて？　カナルサリでは恋人たちがとこしえの愛を誓ってこの薔薇を贈るのよ。花嫁に、これほどふさわしい贈り物があるかしら？」

タージュは、一筋の金の輝きを放つ砂漠の薔薇を手に、エルリックを目で探した。
兄夫婦を伴いようやく帰ってきた恋人は、タージュを見つめていた。
タージュは、昨日までの不安が雪のように溶けてなくなるのを感じた。
恋人の瞳の中には、いつも真実がある。
砂に隠されていようと金がその輝きを失わないように、真実がある。
タージュは、砂漠の薔薇を手に立ち上がると、エルリックに近づいていった。
明後日、自分の夫になる人に、永遠の愛の象徴を渡すために――――。

# 銀朱の花

## 訪問者

―

ブノス王国の五月は薔薇《ばら》の季節だ。

アランゾはいい気分で、蜜蜂《みつばち》の羽音に耳を傾けていた。

街道沿いの食堂のテラスは、満開の野薔薇の香りでむせ返るようだった。

蔓《つる》薔薇の生垣の向こうには湖が広がり、青い空と白い雲を映しこみ、見ているだけで開放的な気分になる。

ふくよかな女将《おかみ》が、美男子にはおまけだよと奢《おご》ってくれたエールはコクがあり、わずかな苦味が旅の疲れを癒《いや》してくれる。

この街道をあと一刻も行けば、親友の暮らす城がある。

アランゾは肉詰めパイの最後の一切れを口に放り込み、ほくそ笑んだ。

なんの知らせもなく従者の一人もつけないで、自分が彼の居城を訪ねたら、どれほど驚くことだろう。

寡黙《かもく》で冷静沈着で知られた親友の、驚く顔が早く見たくてならなかった。

これはアランゾの意趣返《いしゅ》しだ。

親友が、会わせたい人物がいるからシルヴィアナ王国を訪問したいと手紙をよこしたのは、去年の狩月《十二月》のことだった。アランゾは、好奇心を刺激され、冬至《とうじ》の祝いに正式な招待をしたのに、彼は姿を現さなかった。律儀《りちぎ》で堅物《かたぶつ》と評判の男が、連絡ひとつよこさなかったことに首をかしげたが、新年の祝いの日に届いた詫《わ》び状に、その理由がしたためてあった。

エルリック・エルロイ・エルフレッド・ヴァン・クレイヴンというブノス貴族らしい韻《いん》を踏んだ長ったらしい名前の持ち主は、なんと冬至の日に花嫁を迎えたというのだ。

——あの堅物が、自分より先に妻を娶《めと》った。ふたつも年下の分際で!?

アランゾは、心底驚いた。

エルリックがシルヴィアナ宮廷を離れたのは夏の終わりのことだった。

ブノス王国の騎士である彼の帰国は、初めからわかっていたこととはいえ、少なくないシルヴィアナの華たちを嘆《なげ》かせることとなった。なかには真剣に、彼とともにブノス王国へ行くことを願った姫君がいるとも聞いている。

それは十分うなずけることだった。

アランゾの親友エルリックは、整った容貌《ようぼう》の持ち主だ。

彼がシルヴィアナで暮らした三年間に、恋に貪欲《どんよく》な貴婦人方が、見栄《みば》えのいい異国の騎士に誘惑の魔の手を差し伸べたことを、アランゾはよく知っていた。しかし、手練《てだ》れで知られた彼女たちでも、堅物で実直な男を甘い罠《わな》に落とすことはできなかった。すると、今度はその実直な面に惹《ひ》かれた親たちが、盛んに自分の娘を未来の花嫁にと売り込んだ。

侯爵家《こうしゃくけ》の三男に生まれたエルリックは、相続する爵位も領地も二人の兄に独占されている。そんな事情から、莫大《ばくだい》な持参金つきの花嫁は彼にとっても嬉《うれ》しい縁談のはずだが、彼は興味を示さなかった。

自分が、剣を捧《ささ》げたブノス国王に派遣《はけん》され、シルヴィアナにやってきたのは花嫁を見つけるためではないのだからと、困ったように笑っていた。

そんな男が、帰国してたったの四カ月で花嫁を娶ったというのだから、好奇心旺盛《おうせい》なアランゾは居ても立ってもいられなかった。

重責にあるアランゾが異国《ブノス》に旅立つためには、様々な手続きや片付けておかねばならない義務と責任が山ほどあった。それらがなければ、彼は詫び状の届いた次の日には、城を飛び出していただろう。

すべての用事を片付け、支度を整えるのに五カ月もかかったが、いまとなればそれでよかったのかもしれない。

おかげで、ブノス王国で最も美しい季節に、気ままな旅を許されたのだから。

初夏を思わせる陽気に、自然と汗ばんでくる額《ひたい》を拭《ぬぐ》いながら、アランゾは残りのエールを一息で呷《あお》ると、テーブルに銀貨を一枚置き立ち上がった。

光のあふれるテラスから、店内にいる女将に声をかけようと覗《のぞ》き込むと、なにやら騒がしい。

若い女の声が助けを求めているではないか。

アランゾは何事と、そちらに急いだ。

「突然なんです。……突然のことで……」

若い女というよりは、まだ少女といって差《さ》し支《つか》えない年頃の娘が、女将に訴えている。

「なにか困ったことでも？」

アランゾが声をかけると、女将と少女が振り向いた。二人の答えを待つまでもなく、初老の男が食堂の亭主に背負われ、運び込まれてきた。男に意識はなかった。

「この暑さに負けたようだね」

店内のベンチに寝かされた男を一瞥《いちべつ》して、女将が言った。その診立《みた》てにアランゾも異論はなかった。

男は、少女が乗ってきた馬車の御者《ぎょしゃ》だという。この食堂で休憩《きゅうけい》を取ろうと、馬をとめた途端、呻《うめ》きながら倒れたらしい。

少女の説明を聞くと、女将は御者の襟元《えりもと》を緩《ゆる》め上着をはだけさせ、うちわで扇《あお》ぎ、冷たい水で絞《しぼ》った手ぬぐいで、額と首を冷やしてやった。しばらくすると、男は意識を取り戻した。

「ジュゼットお嬢様、面目《めんぼく》も……ございません」

かすれた声で初老の男がそう言うと、少女は慌《あわ》てて首を横に振った。

「とんでもないわ、セレスト。わたくしが無理を言ったからいけないのよ。気分はどう？」

「はい、……だいぶよくなりました。大丈夫でございます。お嬢さまが…お茶を召し上がる間、休ませていただければ……すぐに元通りになりますよ」

御者は、若い女主人を安心させるために、笑顔を作って話していたが、その顔は土気色《つちけ》で、ほんの少し休んだからといって、御者台に座れるとは誰の目にも見えなかった。

「無理よ。いけないわセレスト。わたくしたちのことは心配しないで、ここからお城まではそれほど距離がないわ。いまから歩いていけば、日が暮れる前にはつけるはずよ」

「なにをおっしゃいます。ここから……城まで歩くなどと、……そんな恐ろしいことは……おっしゃらないでくださいませ」

「でも、セレスト……」

「いけません、お嬢さま。こんなことが…大旦那《おおだんな》さまの……耳に入れれば、どうなります。それに……お嬢さまには歩ける…距離でも、エヴァンジェリンさまには……」

少女と御者の小声での遣《や》り取りに、アランゾは持ち前の好奇心を刺激された。ここから少女の足で歩いていける距離にある城は、野薔薇城だけだ。それは事前に調べてあった。

彼らには同行者がいるらしく、その同行者は歩けないらしい。エヴァンジェリンというからには女性だろう。老婦人なのだろうか？

「すまない。話を聞いてしまったのだが、急ぎの旅なのかな?」

「いいえ、急ぎというほどのことはないのですが……」

少女の答えは歯切れの悪いものだった。

「御者殿の顔色は、あまり芳《かんば》しくないようだ。急ぎの旅でないのなら、今日はここに泊まってはどうだろう。女将、今日は部屋が空いていると言っていたな?」

「ああ、空いてるよ」

だが、少女は困ったように眉《まゆ》を顰《ひそ》めた。

「お若い方」と、御者が口を開いた。

「お気遣《きづか》い……ありがたく思いますが、しばらく休めば……大丈夫ですから」

アランゾはため息をついた。

警戒されるのは仕方がない。だが、御者の顔にいまだ血の気はなく、時折手足を震わせていた。口調はしっかりしているが、声はかすれ、苦しげだ。

問答を続けているより、いますぐ水風呂《みずぶろ》につかり、水分をたっぷり取った上で、寝台に入るべきだろう。

暑さ負けを嘗《な》めてはならないことを、アランゾはよく知っていた。今回は意識を失っただけですんだが、下手《へた》をすれば意識が錯乱《さくらん》したり混濁《こんだく》することもあるし、亡くなることもままあるのだ。

「先程、城とおっしゃっていたが、野薔薇城に赴《おもむ》かれるおつもりでは?」

アランゾが尋《たず》ねると、少女は警戒心も顕《あらわ》に、口を固く引き結んだ。

「私はエルリック・エルロイ・エルフレッド・ヴァン・クレイヴン殿に会うため、シルヴィアナ王国から参った者です。アリソンと申します。野薔薇城まで、私が御者を務めましょう」

アランゾは、いつものように偽名《ぎめい》を使い、笑顔を作った。あの堅物のエルリックが、その笑顔は感心しないと首を振っていた笑顔だ。彼曰《いわ》く、貴婦人の心を虜《とりこ》にする、危険な罠《わな》らしい。

だが、少女の警戒心を緩めるには至らなかった。

アランゾは仕方なく、自分の背嚢《はいのう》から一枚の書状を取り出し、少女に渡した。

「私の身元を証明するものです。ご覧ください」

書状に目を走らせた少女の面《おもて》にほっとした表情が浮かぶのを、アランゾもまた安堵《あんど》の思いで見つめた。

「アリソンさまは、シルヴィアナの王太子殿下の騎士さまですの?」

苦笑いを舌《した》先で飲み込み、アランゾはうなずいた。

「エルさまの従者が話していたのは本当のことだったんですね」

アランゾは、改めて少女の顔をしげしげと見つめた。エルリックが、エルと愛称で呼ぶことを許しているのだ。この少女は、彼に近しい者なのだろう。

「エルリック殿の従者は、殿下についてなにを話していたのかな?」

「王太子殿下は、エルさまを親友と思ってくださっていると、従者は話していました」

アランゾは、笑みを深めた。そして、ささやかな悪戯《いたずら》を面白《おもしろ》がりながら、ゆっくりと口を開いた。

「アランゾ殿下は、ブノスの騎士を心から信頼し、エルリック殿との友情をなによりも大切なものと思っていらっしゃる」

少女は、はじめてにっこりと笑った。

「アリソンさま、わたくしはシュゼットと申します。お手を煩《わずら》わせて申し訳ございませんが、野薔薇城までよろしくお願いいたします」

## 2

シュゼットと名乗った少女は、富裕な商家の娘という話だった。なるほど、彼女が乗ってきた箱型馬車は、小型だったがしつらえは立派なものだった。見た目こそ華やかさに欠けるが、車体にしても馬具にしても、最高の材料を最高の技術を用いて作られたものだ。

それに、馬車を引く二頭の馬も、優れた馬だということは一目でわかった。

「アリソンさま、わたくしの大切なお友達がご挨拶《あいさつ》をしたいとおっしゃっています」

シュゼットに促され、アランゾは馬車の傍《かたわ》らに立った。開いた扉からなかを覗《のぞ》けば、美しい外出着に身をつつんだ婦人が座っていた。

彼女は、馬車から外に出ようとはせず、そのまま話しかけてきた。

若い女の声だった。

「シルヴィアナの騎士、アリソンさまですね」

これは相当に気位《きぐらい》の高い姫君だ。と、アランゾは内心苦々《にがにが》しく思った。

アランゾは、この気ままな旅の間、シルヴィアナの王太子であることを隠しているが、王家に仕える騎士であると話してある。それが、御者《ぎょしゃ》を買って出たのだ。こういった場合、馬車から降りて挨拶《あいさつ》するのが、礼儀だろう。ブノスでは違うのだろうかと、首をかしげる思いだった。だが、その腹立ちも、彼女の名前を聞いたことで、すぐにおさまった。

「わたしは、エヴァンジェリン・エイミリア・エリアナ・ヴァン・クレイヴンと申します。いまくわしい話はシュゼットから伺《うかが》いました。難儀《なんぎ》しているわたしたちにお力を貸してくださることを心から感謝いたします」

――エヴァンジェリン・エイミリア・エリアナ・ヴァン・クレイヴン。

ブノス貴族特有の韻《いん》を踏んだ長い名前。

だが、いまここで問題なのは、彼女の苗字だ。

ヴァン・クレイヴン。

それでは、この婦人がエルリックの花嫁なのか。

「騎士たるもの、ご婦人の憂《うれ》いを払うため、尽力《じんりょく》するのはなににも勝る喜び。まして、エルリック殿のお身内と聞いては、身に余る光栄です」

「もったいないお言葉、ありがとうございます。アリソンさまはエルリックをご存じですのね？」

アランゾは、彼女の答えを聞いて、さらに確信を深めた。

「ええ、シルヴィアナではエルリックと二人でよく遠乗りに出かけたものです」

「こうしてお会いできるなんて、奇遇ですこと。でも、アリソンさま、エルリックはいま宮廷におりますわ」

「宮廷に?」

「ええ、国王陛下《へいか》の御用をおおせつかったそうで、いましばらく王都に滞在する予定ですの」

「そうですか。それでは、お二人を野薔薇城《のばらじょう》にお送りしてから、私は王都リンスにまいりましょう。さあ、シュゼット嬢、お乗りください。すぐ出発しますよ」

結局、エヴァンジェリンは最後まで馬車から降りようとはしなかった。顔が見たいと、アランゾは目を凝《こ》らしたのだが、馬車の中でもヴェールのついた帽子をかぶっているようで、目鼻立ちまでは確認できなかった。

花嫁となって、半年。それを考えれば、彼女が警戒するのも仕方がない。新妻《にいづま》が、若い男と親しげに話しているのを、誰が見ているかわからない。下手《へた》に噂《うわさ》になれば、傷つくのは彼女だし、エルリックなのだ。

シルヴィアナでは無礼となる行いも、許すしかないだろう。

馬車は軽やかに進んだ。

太陽は相変わらずまぶしく輝いていたが、少し風が出てきたのでそれほど暑くは感じられなかった。

緩《ゆる》やかに蛇行《だこう》する川に沿うようにして続く街道は、よく整備されていて春から初夏へと勢いを増していく緑を眺めているだけで、気分がよかった。

おそらくこれが、人生で最後の一人旅になるだろうと、アランゾは考えていた。

今年、二十六歳の誕生日を迎える。

妃《きさき》を迎え、一日も早い後継者の誕生を、両親のみならず、国民が望んでいることも知っている。

アランゾは独身主義者ではなかった。むしろ、仲むつまじい両親の姿を見て育ったため、結婚に多大な期待があった。

両親は幼馴染《おさななじ》みで、お互いが初恋の相手だ。大人になって少し覚めた視点で見ると、周囲がそうなるように仕向けたことは、わかってくる。

宮廷で何かしら行事があるたび、上級貴族の子供たちが招かれ、茶話会や人形芝居が催されたものだ。

アランゾの妹は、そういった催しで出会った侯爵家《こうしゃくけ》の息子と恋に落ち、花嫁となった。弟も子供の頃、親しくしていた伯爵家《はくしゃくけ》の令嬢と最近になって再会を果たし、二人の間では結婚の約束を交わしているらしい。彼らの幸福な結婚を遅らせているのは、アランゾだった。

長男であり、王太子であるアランゾを差し置き、先に結婚はできないと、五つ年下の弟は、切《せつ》ない想《おも》いに身を焦《こ》がしているのだ。

次の縁談は、拒《こば》むことはできないだろう。

弟のように、周囲にあてがわれたような相手に情熱を燃やすことが、アランゾにはできなかった。

出会いがないだけだと、彼は思っていた。

だが、もうじき二十六にもなるというのに、本当の意味で女性に恋をしたことがない。

過去には恋人もいたし、夜をともにする相手に不自由した記憶はないが、弟のように、相手のことを想い夜も眠れなくなるほど、心が騒いだり夢中になったことがない。

両親は、お互いのほかに異性を意識したことがないそうだ。アランゾにはいまだそのような経験がなかった。

つかの間の恋人とダンスを楽しんでいるときも、美しい婦人に秋波《しゅうは》を送られれば、それなりに楽しむのが男の嗜《たしな》みだと思っている。

その考えはいまも変わらないが、エルリックがいきなり結婚の報告をよこしたことで、自分の享楽的《きょうらくてき》な毎日が空《むな》しくなったのも確かだ。

女気のひとつもなく、積極的な婦人に言い寄られると、血相《けっそう》を変えて逃げ出していたあの堅《かた》物《ぶつ》が、どんな花嫁を選んだのか気になってならなかった。

宮廷で浮かれて過ごす自分に向かって、それがあなたの本質ではないと言い切ったのはエルリックだった。

弟がまだ幼い頃、アランゾは二度ほど命を狙《ねら》われたことがある。自分の娘と弟王子を娶《めあわ》せ、未来の国王の外戚《がいせき》になろうと企《たくら》んでいた輩《やから》がいたのだ。

アランゾが成人する前に、その輩は政治的に失脚し、いま自分の命を狙う者はいない。だが、それは絶対的なものではない。

いつまた誰が、野心を持って、自分に近づいてくるのかはわからない。相手が無駄に警戒しないよう、アランゾはつかの間の恋を楽しむ。軽薄で与《くみ》しやすいと誤解させるのが目的だ。

真面目《まじめ》で学問を愛し、争い事より調和と安定を求める弟より、軽薄な兄のほうが操りやすいと思わせるのが、アランゾの思惑だった。

おかげで、自分に近づく者たちがなにを目当てにしているのかは、手に取るようにわかった。

耳に心地よい追従《ついしょう》を並べる者が、裏で自分のことをどのように評しているのかも、わかっていた。

だが、なかには、アランゾの芝居に騙《だま》されない者もいる。それはとりもなおさず信頼できる相手であることを意味する。

そのうちのひとりがエルリックだった。

彼が、ブノスの国王に剣を捧《ささ》げていることを、どれほど悔《くや》しく思ったことか。

シルヴィアナの生まれであれば、問答無用で自分の騎士としたものを。

未来の国王といえど、手に入らないものはある。

花嫁もそうだ。

これほど望んでいるのに、運命の相手とは出会うことなく、妃を娶《めと》ることになるのだろう。

シルヴィアナの王室典範《てんぱん》に従い、王妃《おうひ》にふさわしい姫君と。

エルリックの気位の高い花嫁も、そうやって選ばれたのかもしれない。エルリックなら、心から愛する婦人と幸せな結婚をするものと、どこかで信じていた。だが、女に慣れていないあの無粋《ぶすい》な男が、たった数カ月で恋に落ち、結婚まで突き進むとは思えない。

三男とはいえ、エルリックは侯爵家に生まれた。大使の報告では、グリオン女伯爵の後継者に指名され、国王の承認も与えられたらしい。

未来の伯爵となれば、花嫁候補は掃いて捨てるほどいたに違いない。

あまりに現実的で、アランゾは軽く息をついた。

そのとき、背後でシュゼットが叫んだ。

「アリソンさま、馬車を停めてください！」

その切羽詰《せっぱつ》まった声の調子に、アランゾは慌《あわ》てて手綱《たづな》を引いた。よく調教された馬は、彼のいささか乱暴な手綱さばきに棹立《さおだ》つこともなく、ゆっくりと停まった。

扉が開き、馬車の中から、シュゼットとエヴァンジェリンが飛び出してきた。

「いったい、なにがあったんだ⁉」

アランゾの問いに答える間もなく、彼女たちはいま来た道を駆けていく。

「どうした⁉」

御者台を滑り降り、彼女たちの背中に声を投げる。

少し呆《あき》れながら見ていると、二人は街道を離れ、茂みの中に入っていく。生理的な欲求かと一瞬、頬《ほお》が赤くなったが、すぐに彼女たちの目指す欅《けやき》の大木の根元に、人がうずくまっているのが見えた。

アランゾは、二人の後を追った。

「大丈夫ですか？」

エヴァンジェリンの問いかけに、弱々しく首を振るのは、まだ若い女だった。

「どこが痛みます？　苦しいのかしら？」

エルリックの花嫁は、きびきびとした口調で、女に話しかけながら、脈を取り熱の有無《うむ》を調べていた。

「生まれそうなのね」

女の腹は西瓜《すいか》の実のように大きく迫《せ》り出していた。

「シュゼット、わたしはお産に立ち会ったことがないわ。どうすればいいかしら？」

「お城に急ぎましょう。タージュさまがご存知のはずです」

シュゼットの言葉を肯定《こうてい》するように、妊婦も苦しい息の間から、「お城へ……」と繰り返している。

「アリソンさま、申し訳ございませんが、馬車をここまで戻していただけますか」

「すぐ、生まれそうか？」

アランゾの問いにシュゼットが答えた。

「まだ、破水《はすい》していませんので、少しは余裕があるかと」

「わかった」と、答えるなり、アランゾは妊婦を抱き上げて、馬車に向かって歩き出した。

「このほうが早い。君たちも急ぎたまえ」

妊婦を馬車のベンチに横たえると、あと一人しか乗れなかった。

「シュゼット嬢、申し訳ないが、君は御者台に乗ってくれるかな」

すぐに、エヴァンジェリンが異を唱えた。

「御者台には、わたしが。シュゼット、あなたがついていてあげて」

「お任せください、エヴァンジェリンさま」

馬車を走らせながら、アランゾは意外に思った。

挨拶を交わしたとき、馬車から一歩も降りようとしなかったエヴァンジェリンだ。

それを、気位の高さゆえと理解したのだが、未来の伯爵夫人はためらうことなく、御者台に腰を下ろした。

それだけではない。農婦と思《おぼ》しき妊婦がうずくまっていることに気づき、すぐに馬車を停めたばかりか、靴やドレスが汚れるのもかまわずにエヴァンジェリンは彼女を介抱していた。

気位の高い無礼な女だと思っていたが、領民をいたわる優しい気持ちはあるようだ。

だが、御者台の上で、なるべく自分とはなれて座り、日傘で顔を隠しているのは、少し自意識過剰《かじょう》ではないだろうか。

アランゾは自尊心が傷つくのを感じた。

そんな彼の心の動きに気づいたのだろうか、少しするとエヴァンジェリンが話しかけてきた。

「アリソンさま、申し訳ございません。少しだけ我慢《がまん》してください」

「我慢? 私がなにを我慢しなければいけないのでしょう?」

気をつけたつもりだが、冷ややかな口調は隠し切れなかった。

「これをご覧になって」

エヴァンジェリンはそう言うと、日傘をたたみ、右手の手袋を取った。

ちらと視線をやると、白い甲に赤い発疹《ほっしん》がいくつも浮かんでいた。

「それはいったい?」

アランゾが、発疹に気づいたことを知ると、エヴァンジェリンは急いでまた手袋をはめた。

「気持ちの悪いものをお見せして、本当に申し訳ございません。この発疹が、なんなのかわたしにもよくわからないのです。十日ほど前から手を中心に出るようになってしまいましたの。人にうつるとは思えませんのよ。実際、シュゼットには五日前から世話をしてもらっているのですが、いまだに彼女に発疹はありません。でも、妊婦の方がこれをご覧になれば、不安にもなりますでしょう。それで、せっかくアリソンさまがああおっしゃってくださったのに、御者台に乗るなどと生意気《なまいき》を申しました。お許しください」

「ああ、いえ……それは………」

「本来でしたら、ご挨拶の折には、馬車を降りるべきなのもわかっていたのですが、人目がございましたので、失礼をいたしました。重ねてお詫《わ》びを申し上げます」

挨拶の際、姿を見せようとしなかったその一点で、彼女を気位の高い無礼者と決めつけたことを、アランゾは心から後悔していた。

シルヴィアナの貴婦人たちは、クリームのように滑らかで白い肌を自慢にしている。それは、ブノスの貴婦人も同じだろう。

説明するためとはいえ、エヴァンジェリンが手袋を取るのには、相当の覚悟が必要だったはずだ。

御者台に乗るのもそうだ。

貴婦人は、乗馬はしても馬車を御したりはしない。

それなのに、彼女が自《みずか》ら進んで乗ったのは、妊婦のことを思ってだった。

アランゾは、隣で日傘を開いているエヴァンジェリンにそっと視線をやった。

ベールで隠れているため、彼女の容貌《ようぼう》はわからなかった。だが、耳の後ろや顎《あご》の辺りに、やはり発疹がある。気に病《や》んでいるに違いない。

だが、それをおくびにも出さず、事情を説明する彼女に、彼は大いに好感を覚えた。

やはり、エルリックの選んだ女性は違う。

そう思うと、なぜかアランゾは自分のことのように誇らしく思えた。

## 3

「シュゼット！　厨房《ちゅうぼう》にお湯を言いつけて。ロッカ、寝室に移す時間がないわ。ここで出産させます。衝立《ついたて》とたらいを持ってきて！」

思いがけない事の成り行きに、アランゾは目を丸くするしかなかった。

野薔薇城《のばらじょう》の門を通り過ぎたところで、若い妊婦は破水《はすい》した。馬車のなかのシュゼットがそう叫んだのだ。だが、アランゾにはそれがどのような意味を持っているのか、わからなかった。

彼にできることは、馬車を急がせることだけだった。

車寄せに馬車を停めると、シュゼットが馬車を飛び降り、城のなかへと駆け込んだ。すぐさま血相を変えた男女が現れた。

若者が、馬車の中から妊婦を抱き下ろし、黒髪の婦人がてきぱきと指示を与える。

アランゾは、彼にしてはめずらしく少し落ち着かない気持ちで、馬丁《ばてい》に馬車を預けると、エヴァンジェリンを伴い、城内へと足を踏み入れた。

エントランスを抜けると、そこは大広間だった。

　突然の訪問者であるアランゾは、次になにをすればいいかもわからず、ただ呆然《ぼうぜん》とその場に立ち尽くすしかなかった。そうしている間にも、準備は着々と整い、広間の一角に衝立《ついたて》で区切られた産室が出来上がり、メイドたちがお湯を運んでくる。

「いきんで。いきみなさい！」

　妊婦を励ます声が衝立の向こうから聞こえてくる。その張りのある声は、先程の黒髪の婦人に違いない。

「ここまで辛抱《しんぼう》したのよ。さあ、あともう一息。もう一息がんばりましょう。あなたも苦しいけれど、赤ちゃんだって苦しんでいるのよ。早くお母さんに抱かれたいと、がんばっているのよ。さあ、いきんで」

　黒髪の婦人の励ましのなか、妊婦の苦しげな呻《うめ》き声と速い呼吸がうるさいほど耳につく。だが、広間は静まり返っていた。

　たくさんの人の気配がするのに、誰もが息をつめ、誕生の瞬間を待ちわびていた。

「もう一度。もう頭が見えているわ。これが最後よ。赤ちゃんに力を与えてあげられるのは、お母さんのあなただけなの！　もう一度いきんで」

　動物の咆哮《ほうこう》にも似た大きな呻き声が、緊張した空気を引き裂き、一瞬の静寂《せいじゃく》が訪れた。すぐに、肌を叩く音が聞こえ、続けて嬰児《えいじ》の泣き声が響き渡った。

「生まれた！　男の子よ！」

その途端、わあっと歓声があがった。城の住人たちが、どうやらみな集まっていたらしい。下働きの者もお仕着せを着た者も、みな分け隔《へだ》てなく肩を抱き、手を取り合い、新しい生命の誕生を喜び合っていた。

それは自然な心の動きだった。この感動を誰かと分かち合いたい。

アランゾはそう思い、身近にあった手を取った。それは、エヴァンジェリンの手袋につつまれた手だった。

彼女は泣いていた。

ヴェールをあげ、片方の手で涙を拭《ぬぐ》っていた。

潤《うる》んだ菫《すみれ》色の瞳《ひとみ》が、アランゾを見上げている。

彼は、これほど美しい瞳を、生まれて初めて目にしたことに気づいた。

親友が迎えた花嫁は、優美な美貌《びぼう》の持ち主だった。金褐《きんかっしょく》色の巻き毛と、白い肌。長い睫《まつげ》の先で震えている涙の雫《しずく》は、朝露《あさつゆ》を思わせた。

シルヴィアナでもてはやされる美女ではない。彼女たちが、勝ち誇るように咲く大輪の薔薇だとしたら、エヴァンジェリンは清楚《せいそ》な野薔薇だ。

新雪のように清らかな、白い花だ。

アランゾの青い瞳は、エヴァンジェリンを捉《とら》えて離れない。

彼女を見つめているだけで、なぜこんなにも胸が騒ぐのか、アランゾは不思議でならなかった。

その不思議を知るために、彼はエヴァンジェリンに顔を近づけていった。それ以外に、この衝動をおさめる術《すべ》を知らなかった。

だが、背後で誰かが、エヴァンジェリンの名を呼んだ。

アランゾは、びくりと身体《からだ》を震わせ我に返った。

声のしたほうに振り向けば、黒髪の美しい婦人……いや、まだ少女と言ったほうがいいだろう。

黒髪の少女が、頬《ほお》を染めこちらを見つめている。

「タージュ、結婚式以来ね。お会いできて嬉《うれ》しいわ」

エヴァンジェリンはそう言いながら、さっと自分の手を取り戻すと、タージュと呼ばれた黒髪の少女のもとへと足を進める。

彼女が離れていくことが、アランゾには耐え難《がた》く思えた。

だが、その思いも一瞬のことだった。

黒髪の少女、――タージュの容貌に、アランゾは目を見張った。

カナルサリの血が混じっているのだろう。象牙《ぞうげ》色の肌に、黒い髪。

その黒い前髪の間に、ちらちらと覗《のぞ》くのは、赤い痣《あざ》。黒い眉毛《まゆげ》の下で輝くふたつの瞳。

向かって右は黒、向かって左はくすんだ緑。

異相だ。

滅多《めった》にない、左右で色の違う瞳。

聖なる印だ。

聖痕《せいこん》の乙女《おとめ》だ。

——シルヴィアナの歴史に、時として刻まれる天の意思。

国難の際、天はその意思を伝えるため、聖なる乙女を遣《つか》わせる。

聖なる乙女は、真の王の下《もと》に馳《は》せ参じ、王を支え、国を安らげる。

聖なる乙女には、天の御遣《みつか》いである印がある。

額に浮かぶ、花の形の痣。左右で色の違う瞳。

中興《ちゅうこう》の祖、シリス王の王妃《おうひ》セイランダさま。

国内を平定されたオーリ王の王妃クラウディアさまは聖女と呼ばれている。アランゾの曾祖《そうそ》母《ぼ》に当たる方だ。

エルリックがよこした手紙の文面が、アランゾの脳裏《のうり》に閃《ひらめ》いた。

親友は、彼にこう書いてよこした。

会わせたい人物がいる、と。

それが、この聖痕の乙女であることは、間違いない。

アランゾは、言葉も忘れてタージュの顔を見つめるのだった。

# 4

「ラーブルの新しい息子の誕生に、感謝を捧《ささ》げます。神よ、母と子に大いなる恵《めぐみ》をお与えくださいませ」

ラーブル領を治める城主、グリオン女伯爵《おんなはくしゃく》が乾杯の音頭をとる。

大広間に集まった数え切れない人々が、それに続いた。

今日、はじめて父親になった農夫は、感激に顔をくしゃくしゃにし領主に返礼すると、葡萄《ぶどう》酒《しゅ》を一息に呷《あお》った。そこここで拍手《はくしゅ》と祝福の声、そして楽しげな笑い声が響く。

アランゾは豪壮華麗《ごうそうかれい》な鳳凰城《ほうおうじょう》でしか暮らしたことがない。父王の代までは、王太子に推挙されたのちは、椋鳥城《むくどりじょう》が居城として与えられ、独立するのが習慣となっていたが、この丘の上の城は、アランゾが幼い頃、落雷で崩壊してしまった。

いまでも、父王は折節《おりふし》に、この椋鳥城での生活を懐《なつ》かしげに語る。

母を花嫁として迎えたのもこの城だった。青春の香気《こうき》たつ時代、両親は小さな城で親密なときを過ごしたのだ。その回顧《かいこ》のなかで語られる暮らしが、この野薔薇城《のばらじょう》にはあった。

アランゾは、シルヴィアナの騎士として城主と同じテーブルについていた。

一段高い席から大広間を見渡すと、野良着《のらぎ》を着た領民と絹《きぬ》を着た城の住人が、分け隔《へだ》てなく笑いあっている光景が目に入る。

鳳凰城では、無礼講の祭事のときでさえ、貴族と下々《しもじも》の者が同席することは許されていない。

もちろん、ラーブルの領民が、こうして領主と晩餐《ばんさん》をともにすることは滅多《めった》にないらしい。収穫祭と夏至《げし》と冬至《とうじ》の祭り。

今夜は、城で十八年ぶりの出産があったということで、特別の宴《うたげ》なのだ。

足の悪い女伯爵は杖《つえ》こそついているが、高齢にもかかわらず朗々《ろうろう》とした声で、さらに言葉を続けた。

「家というものは、誕生と結婚と死によって清められるのです。この城が長きにわたって、荒廃していたことを、おまえたちはよく覚えているでしょう。私は、領地をないがしろにする悪い領主でした」

女伯爵の言葉に、広間を埋める人々は、異を唱えるように、首を横に振った。

「いいえ、気休めはいらないわ。それが事実なんですからね。でも、私が宮廷を退き、この城に戻ったのは、この城をいずれ清めるためです。私の死をもって」

静かな拍手が湧《わ》き起こった。

「冬至の日、この城は久しぶりの結婚式で清められ、今日十八年ぶりの誕生によってさらに清められました。ありがとう、フォーク」

泣き腫《は》らした目で、先程の農夫が杯《さかずき》を掲《かか》げる。

「もう、おまえたちは知っていると思いますが、私が死したのちは、エルリックが爵位を継ぎ、花嫁がこの城の主となります」

今度は歓喜の声が上がった。

「おやおや、おまえたち、その日が待ちきれないようですね」

どっと笑い声が上がった。

「その日がきたら、おまえたちはいままで以上に伯爵とその奥方を盛《も》り立てておくれ。約束ですよ」

あたたかな空気のなか、大広間に「ラーブル万歳！」「グリオン万歳！」の声が上がり、そこここで乾杯の声が上がった。

女伯爵が席に着くと、賑《にぎ》やかな雰囲気《ふんいき》のなか食事が始まる。

アランゾは、テーブルに並んだ大皿の数々に目を丸くした。山のように積まれた焼きたての薄パン、青々とした野菜にクリームで柔らかく煮込んだ鶏肉《とりにく》、果物の砂糖漬けと瑞々《みずみず》しい苺《いちご》。酢漬けの胡瓜《きゅうり》、よい香りのチーズが三種類。暖炉では仔鹿《こじか》が一頭、火に炙《あぶ》られジュージューと音を立てながら、肉汁《にくじゅう》をたらしていた。

みなが、顔をほころばせ舌鼓《したつづみ》を打つなか、今度は黒髪の少女、タージュが立ち上がった。

「今宵《こよい》、エルリックさまの大切な方々が、この場にいらっしゃることを皆様にご報告いたします。シルヴィアナの騎士、アリソンさまの健康に乾杯！」

アランゾは偽名《ぎめい》を使っていることを、少々後ろめたく思いながらも、乾杯の声に杯を掲げた。

さらにタージュが続ける。

「麗《うるわ》しのエヴァンジェリンさまに乾杯！」

領民たちは、うっとりした眼差《まなざ》しでエヴァンジェリンを見つめ、やはり乾杯を声高に叫ぶ。

アランゾは違和感を覚えた。

本来ならば、エルリックの友人のために乾杯の音頭をとるのは、花嫁であるエヴァンジェリンの役目ではないだろうか。

やはりブノスでも、聖痕《せいこん》の乙女《おとめ》は特別なのだろうか。

タージュは、エルリックの大伯母《おおおば》であるグリオン女伯爵の薬師《くすし》を務めていると、アランゾは城の者から聞いた。

彼女は、読み書きができるだけでなく、古語にもくわしく、今現在カナルサリの薬術書を読み解いている最中だということだ。

去年の初秋、エルリックとともに城にやってきて、豊富な薬学の知識と献身《けんしん》的な施術《せじゅつ》で、三年間満足に歩けなかった女伯爵を杖を使って歩けるまでに回復させたと、城の住人は誇らしげに語った。

生《お》い立ちは、その肌の色や髪の色からわかるように、カナルサリの血が交じっている。親なく育ったが、やさしい老婦人に引き取られ、そこで教育を受けたという話だ。

アランゾは、複雑な思いでタージュを見つめていた。

親友のエルリックが、自分に会わせたいといっていた少女。

それが聖痕の乙女である以上、なんの目的があって会わせたがったのかは、本人に尋《たず》ねるまでもない。

エルリックは、タージュを自分の花嫁にと望んでいるのだ。

悪くない。

以前、酔った勢いでエルリックに聞かせた理想の花嫁に、タージュはまさに当てはまる。

『才覚のある婦人が望ましい。我が国は、貴族間の婚姻《こんいん》にいささか厳しい決まり事が多々あるが、僕はそれをあまり重要視していない。同じ階級であることは望ましいと思うが、絶対条件ではないな。クラウディア王妃《おうひ》のような方がいらっしゃるのであれば、僕はいますぐ馳《は》せ参じ、求婚する用意がある。もちろん、美しいに越したことはないが』

タージュは、グリオン女伯爵の隣に席があったが、ゆっくりと食事をする暇《ひま》はないようだった。先程からメイドや召使に指示を与え、厨房《ちゅうぼう》にも足を運び、いくつものテーブルの上に常に料理が十分あるよう、目を光らせている。

　メイドや召使たちも、なにかあればエヴァンジェリンではなくタージュに相談している。実質的に、城の切《き》り盛《も》りをしているのは、タージュに違いない。

　それに、アランゾは不快を覚えた。

　エヴァンジェリンがないがしろにされているような気がしたのだ。

　彼女が、未来の伯爵夫人なのだ。城の切り盛りは、エヴァンジェリンの仕事だろう。

　いくらタージュが、エヴァンジェリンより先に、この城で暮らしていたとはいえ、エヴァンジェリンがエルリックの花嫁となった以上、その役目は彼女に譲《ゆず》るべきだと思った。

　たしかに、タージュは優れた薬学の知識があり、城も立派に切り盛りしているのだろう。それに、エヴァンジェリンの古典的な美貌《びぼう》とはまた違う、異国情緒あふれる美女だ。

　その上、聖痕の乙女とあっては、アランゾの理想通りといっても差《さ》し支《つか》えないだろう。

　だが、その性格はどうだ？

　エルリックの正式な妻、エヴァンジェリンがいるというのに、その立場を鑑《かんが》みることもせず、采配《さいはい》をふるうのは出過ぎた態度ではないだろうか。

　いずれ即位し、王国を統治する以上、支えとなる后《きさき》には、聡明《そうめい》で精神的にも肉体的にも強い女性が望ましいと思っていた。だが、それはでしゃばりを意味するものではない。

　アランゾは、苦い思いで、自分の考えを振り払った。

あのエルリックが、わざわざ手紙で会わせたいとまで書いた人物だ。まだ自分には見えない美点があるはずだと、短慮《たんりょ》で判断することは避けようと思った。

思ったが、内心エルリックが羨《うらや》ましくてならなかった。

麗しのエヴァンジェリンを娶《めと》ることのできた親友は、幸せ者だと思うのだった。


「今日のご予定は？」

朝食の席でアランゾにそう尋《たず》ねたのは、城主グリオン女伯爵《おんなはくしゃく》だった。

「エルリック殿はしばらくこちらへは戻らないと伺《うかが》いましたので、王都リンスに向かおうと思います」

「まあ、それは許されませんわ」

女伯爵はいかめしい表情で、首を振った。

「異国から訪ねていらした友人を、十分におもてなしできなかったと知れば、私がエルリックに叱られてしまいます。そんな情のないことを、アリソン殿はなさいますまい。それに、シルヴィアナでのエルリックのこともお聞かせ願いたいですわ」

こう言われては、すぐに城を発つとは言えるはずがない。

「煎《せん》じ茶のおかわりは？　これは野薔薇《のばら》の実のお茶なのですよ。私のお城にいらした方には、必ずおだしするの」

　薔薇の実のお茶というものを飲むのは、アランゾにとって初めての体験だった。赤い水色《すいしょく》が美しく、ほのかな酸味がさわやかに感じられた。

「タージュは、素晴らしい香草園をもっていましてね、薬だけでなくこういった煎じ茶も、彼女が作っているんですよ。これは肌に張りと潤《うるお》いを与え、身体《からだ》の疲れをとる効用があります。あなたのために用意したのでしょうね」

　朝食は野薔薇が咲き乱れる庭園に面したテラスに、二人分用意されていた。

「他の方は？」

「タージュは、城の住人のためにパンを焼くので、朝は忙しいのですよ。エヴァンジェリンはその手伝いです。タージュのおかげで、あの子もパンを焼くのがとても上手《じょうず》になりましたわ」

　そのとき、メイド頭《がしら》が焼きたてのパンを運んできた。

「サラ、これは誰が焼いたの？」

「エヴァンジェリンさまです」

「あら、いまちょうど彼女の噂《うわさ》をしていたところよ。アリソンさま、どうぞ召し上がってください」

　アランゾはまだ熱いパンをふたつに割った。甘い香りが広がると、口の中につばが湧《わ》いてきた。

干し無花果《いちじく》を生地《きじ》に混ぜ込んだパンは、蜂蜜《はちみつ》やジャムをつけなくとも十分に甘く、アランゾはこれほど美味《おい》しいパンを食べるのは初めてだと思った。

野菜に果物、ふんわりと柔らかい卵の料理に燻製《くんせい》肉。野薔薇城の食糧事情は、昨夜の宴《うたげ》でもわかるように豊かなものだった。

「パンを焼いているということは、やはり心配なかったのね」

女伯爵が尋ねると、初老のメイド頭は困ったようにアランゾを盗み見た。

「アリソンさま、エヴァンジェリンがこちらに来た理由はご存じ?」

「発疹《ほっしん》のことでしたら、ご本人から伺っています」

「ね、大丈夫よ、サラ。聞かせてちょうだい」

主人に促され、メイド頭はほっとした表情で、口を開いた。

「タージュさまのお診立《みた》てでは、病気ではないとのことです」

「それでは、あの発疹はなぜできたのかしら」

「おそらく、心配事のせいではないかと」

「心配事? まあ、困った人ね」と、女伯爵はため息をついた。

「エヴァンジェリンは、とても気立ての優しい子なんですのよ」と、女伯爵はアランゾに聞かせた。

「何があっても、まず周りのことを優先するのね。自分のことはいつも後回し。それで辛《つら》い思

いをするのだわ」

アランゾの脳裏に、道端にうずくまる妊婦のもとに駆けていく、彼女のほっそりとした後ろ姿が浮かんだ。

「その心配事に、なにかお心当たりはあるのですか?」

「なんと申し上げたらよろしいのかしら。あるといえばあるし、ないと言えばないし……、まだね、気に病《や》む必要はないのですよ。まあ、やめましょう。本人のいないところで話すのは、陰口のようで好きじゃないわ。それより、アランゾ王太子殿下のことを、いろいろお聞きかせ願えますか?」

そう言ったとき、女伯爵の瞳《ひとみ》がきらりと光ったように、アランゾには思えた。

「殿下のことですか?」

「ええ、噂《うわさ》ではそろそろお妃《きさき》さまを迎えるおつもりがあるとか?」

ああ、とアランゾは心の中でうなずいていた。

エルリックの大伯母、グリオン女伯爵はふたたび歩けるようにしてくれたタージュを心から信頼し、孫娘のように愛しているという話だった。

彼女はエルリックから、話を聞いているのだろう。自分が花嫁を探していることも、タージュがそれにふさわしいということも。

「どうでしょう。殿下は、摘《つ》んだ花の数を自慢なさる傾向がございます。いずれは王国のたわれます」

め、妃《ひ》殿下を娶られることになりましょうが、誠実な夫となられるかは、また別の問題だと思

「なるほど」

女伯爵は、肩を落とした。

「それでは、妃となられる方は、あまりお幸せとはいえませんわね」

「残念ながら」

アランゾは、自らの評判を落とすような真似《まね》をなぜしているのかと、首をかしげていた。

嘆《なげ》かわしいが嘘《うそ》ではない。だが、そんな自分の行いが空《むな》しいとも感じていたのだ。

この旅が終わり国に帰れば、真剣に花嫁を探す心積もりだった。だが、せっかくエルリック

が見つけてくれた聖痕《せいこん》の乙女《おとめ》に、心が惹《ひ》かれないのだ。

聖痕の乙女を花嫁としてシルヴィアナに連れ帰れば、父も母も喜ぶだろう。クラウディア王《おう》

妃《ひ》を聖女と崇《あが》めているのだ。タージュの聖なる印を、国民も喜ぶはずだ。

だが、どうしても気持ちが動かない。

戸惑うアランゾに、女伯爵はさらに話して聞かせた。

「実は、我が国の国王陛下《へいか》から、内々のお話がございまして、私の身内の娘を、王太子殿下の

花嫁候補に推《お》したいとのことで。正式なお返事は保留にしてますの」

やはりと、アランゾは氷を無理やり飲み込んだような気がした。

「それは、我がシルヴィアナの要請《ようせい》があってのことなのでしょうか？」

「ええ、近々アランゾ殿下が我が国にいらっしゃる予定なのだそうです。この機会に、ブノスの姫君と出会う場を設けてもらいたいと、シルヴィアナからお話があったそうですわ」

アランゾは、我知らず頬《ほお》が赤らむ思いだった。

自分の結婚問題が、異国の宮廷まで巻き込んでいるとは、まったく思ってもいなかった。

「後々、両国の友好に憂《うれ》いを招く結果とならなければよいのですが」

「アリソンさまは、ずいぶん悲観的ですのね」

「ええ、この件に関しては……」

「正直、ブノスの宮廷でも、いろいろな噂は聞きましたが、エルリックの話では、殿下は一度妃を迎えたら、誠実な夫になるだろうと言い切っておりましたわ。アリソンさまとは正反対の見解ですわね」

「エルリック殿は、ご自身をものさしになさっているのではないでしょうか」

「まあ、……そういうこともあるかもしれませんわね」

結局、時間をかけた朝食が終わる頃には、アランゾは野薔薇城にもう一、二泊することを約束していた。

エルリックのいない城に滞在してなにをすればいいのだろうと、冗談めかして尋ねたアランゾに、グリオン女伯爵はすかさず答えた。

「お願いがございますのよ。アリソンさま」

それは、昨日暑さ負けで倒れた御者《ぎょしゃ》の迎えだった。

アランゾも、食堂に預けてある馬を取りにいかなければならなかったので、快《こころよ》く引き受けた。

「でもそれでしたら、馬を連れてくる人が必要ね。サラ、今日の午後、ロッカはあいているのかしら」

「はい、今日は語学の先生はお休みの日ですから」

「それはよかった。アリソンさま、ロッカはご存じかしら?」

「はい、昨日会っています」

「あの子は、まだ馬車を御することは不得手《ふえて》ですが、馬は乗りこなせます。連れて行ってくださいませ。それと、セレストの面倒《めんどう》が見られるよう、タージュかシュゼットを、いいえ、シュゼットをお連れくださいな」

「承知しました」


午後の予定を伝えるために、シュゼットを探していると、城の裏手に出た。

そこは色とりどりの花が咲き乱れる、花園となっていた。

やさしいピンクの花群れの傍《かたわ》らに、テーブルがあった。ベンチに腰を下ろしているのは、黒髪の少女と明るく輝く金褐色《きんかっしょく》の巻き毛の持ち主、タージュとエヴァンジェリンだった。

「エヴァンジェリンさま、髪やヴェールで隠そうとしてはいけません。あなたの肌はとても美しいのですもの、少しの発疹なんて気にする必要がありませんわ」

タージュのはきはきとした声は、アランゾの立っているところまでよく届くのに、エヴァンジェリンの声は残念なことに聞こえなかった。

だが、彼女たちは微笑《ほほえ》み交わしながら、時折くすくすと声を上げて笑っている。

「まあ、本当にあなたはご自分をご存じないのね。それは、罪です。こんな小さな発疹。この薬で洗えば、二、三日でおさまってしまいますわ。私を信じてください。エルリックさま曰《いわ》く、私はお上手が言えない損な性格なんですって。でもそれって、本当のことしか言わないってことじゃないですか。違います？」

タージュは笑顔で話しながら、真っ白な綿布でエヴァンジェリンの顎《あご》や耳の後ろ、それに手の甲を拭《ぬぐ》っている。

「私はなにも心配していないんですよ。噂は聞きました。でも、噂どおりの方であれば、エルリックさまが親友になるとは思えないんです」

聞こえてくる話の内容で、彼女たちがいま話しているのが自分に関することだと察しがついた。

アランゾは、またタージュに対して不快感が湧き起こるのを感じた。

これが公平ではないこともわかっていた。エヴァンジェリンの話し声は聞こえないだけだ。彼女も、噂を口にしているのかもしれない。だが、聞こえてくるのがタージュの声だけなので、どうしても彼女にだけ反感を覚えてしまうのだ。

「ご自分の心のうちに抱え込んではいけません。誰かに話すことで心が軽くなることもございます。私には話せませんか？」

エヴァンジェリンは、微笑んだまま、ゆっくりと左右に首を振った。

それは、タージュには話せないという、彼女の意思表示だ。

アランゾは心の中でうなずいていた。

エヴァンジェリンのように奥ゆかしい貴婦人が、おいそれと胸に秘めた想いを言葉にするとは思えなかったのだ。

タージュが自分の妃となったら、彼女はああしてずかずかと、自分の心の中に強引に踏み込んでくるのだろうか。

それは願い下げだと、アランゾは思いながら、そっとその場から離れていった。

いけないことだとわかっていても、どうしても、エヴァンジェリンとタージュを比べてしまう。

タージュのよい点も頭ではわかっているのだが、アランゾはエヴァンジェリンに軍配《ぐんばい》を上げがちだった。

しっかりしろと、アランゾは自分を叱咤《しった》した。
タージュは、得がたい聖痕の乙女なのだ。
親友であるエルリックが、自分のために見つけてくれた花嫁候補なのだ。
なのに、彼の目は気がつけば、エヴァンジェリンを見つめている。
まったくどうかしている。
こんなことがあってはならない。
アランゾは、ひどく自分に腹を立てていた。

5

自分とそれほど変わらない身長に、厚い胸板、逞《たくま》しい四肢《しし》の持ち主であるロッカは、一見すると十代の後半に見える。だが、見た目を裏切りシュゼットよりひとつ年下の、十四歳と知り、アランゾは驚かされた。

そのロッカとシュゼットは、馬車の近くの石段に腰を下ろし、アランゾを待っていた。

アランゾ自身は、気配を消していたつもりはないのだが、若い二人は自分たちの会話に夢中のようで、彼が来たことに気づかない。

声をかけようと、口を開きかけたアランゾはそのまま固まった。

シュゼットが、突然泣き出したのだ。

まだ知り合ったばかりだが、シュゼットが気働きのできるしっかり者だということは、昨日の一件でわかっている。そんな彼女が泣き出したことに、アランゾは慌《あわ》てた。ロッカが何か無神経なことを言ったのではないかと、心配になった。

そんな彼の耳元に、二人の会話が途切れ途切れに聞こえてきた。

「三年なんてあっという間だよ」

「でも、三年も会えないのよ」

「僕だって、本当のことを言えば離れたくない。でも、三年だけ辛抱《しんぼう》すれば、そのあとはずっと一緒に暮らせるんだよ」

「でも、カナルサリは遠いわ。遠すぎるもの……」

アランゾは、困惑した。

どうやら自分の出る幕はなさそうだ。昨日、気丈に妊婦を介抱していた少女が、悲しげに肩を震わせているのは、見ていて辛《つら》かった。だが、慰《なぐさ》めることができるのは、どうやらあの背の高い少年だけなのだ。

アランゾは、息を殺し、その場を離れるために振り返った。すると、目の前にエヴァンジェリンが立っていた。

彼女は、唇《くちびる》の前に人差し指を立て、音を立てるなと合図をしている。アランゾがうなずくと、彼のひじを取り、足音を忍ばせてその場をあとにした。

彼女が連れていったのは、城の裏手の花園だった。

「驚かれました?」

厨房《ちゅうぼう》の出入り口の近くまでやってきて、ようやくエヴァンジェリンは口を開いた。

「あの二人は、恋人同士なんです」

今日の彼女は、タージュに言われたからだろう。ヴェールも手袋もはずし、頰《ほお》を隠していた髪は編みこみ高い位置で結い上げられている。それが、彼女の優美な顔を、ますますやさしく引き立てている。

白い肌にわずかに散る赤い発疹《ほっしん》は痛々しく見えたが、その美貌《びぼう》を損《そこ》ねるほどのものではなかった。

「わたしはどうやら、シュゼットの口実に使われたようですわ」

くすくすと笑いながら話すエヴァンジェリンから、アランゾは目を離せなかった。

「口実？」

尋《たず》ねはしたが、話に惹《ひ》かれてのことではない。彼女の声がもっと聞きたくて、尋ねたようなものだった。

「シュゼットが、この発疹を気にかけてくれたのは間違いないんですけれど、タージュさまなら必ず治してくれるから、野薔薇城《のばらじょう》へ行くべきだと強硬に言い張ったのは、ロッカに会いたい一心だったのでしょうね」

「それでよかったのですか？　エルリックはしばらく王都から離れられないのでしょう？」

「ええ、アリソンさまのお国から、王太子さまがいらっしゃるまで、宮廷に留《とど》まる予定です」

「離れていては、寂《さび》しいでしょう？」

「さあ、考えたこともありませんわ。もっとも、彼は野薔薇城を離れることには我慢がならないでしょうけれど」

「彼から、この城のことは何度も聞きましたよ。小さな城だが、とても美しいとよく自慢していた」

「実際にごらんになって、どう思われました?」

「昨日は、ゆっくり見る時間も余裕もありませんでしたが、彼の言葉に間違いはなかった」

エルリックはよく話していた。

野薔薇の盛りの頃、近くの丘から見下ろすと、白い雪に埋もれているように見えるのだと。

城を取り囲む白い野薔薇は、咲き誇っていた。

だが、この裏庭には、野薔薇ではなく大輪の薔薇が、大きなつぼみをつけていた。

他にも、青や赤、黄色に薄紅《うすべに》と、様々な色の草花が、やさしく風に揺れている。

白一色の野薔薇も美しいが、この華やかで生き生きとした花園は、また違う趣《おもむき》がある。

昨日は、白い清楚《せいそ》な野薔薇が、エヴァンジェリンのようだと思ったのに、今日はこの優しい色彩にあふれた花園が、彼女にふさわしいとアランゾは思った。

「ロッカは、エルの従者を務めておりましたの。エルも彼を将来騎士に叙《じょ》するつもりだったのですが、本人が薬師《くすし》になりたいと言い出して。カナルサリに留学するため、準備を始めたのですわ。そのような事情から、今回エルに同行して王都に来なかったものですから、楽しみにしていたシュゼットは居ても立ってもいられなかったのでしょうね」

「それで、あなたの発疹を口実にしたと?」

「ええ」

利用されて、夫と離れて城に戻ることになったのに、エヴァンジェリンはまったく気にかけているようには見受けられなかった。

だが、それも無理はない。

エルリックは、誠実な男だ。宮廷で、くだらない恋の駆け引きを楽しむような男ではない。

エヴァンジェリンは、なんの不安もないのだろう。二人の間に確かな信頼が息づいていることに、アランゾの心が揺れる。

なぜ、エルリックより先に、自分はこの美しい女性と出会えなかったのだろう。

「エヴァンジェリン、あなたはいま幸せですか?」

アランゾは思わず尋ねていた。

尋ねるまでもない問いだ。だが、彼女の言葉で確かめておきたかった。

そうしないと、自分は思い切ることができない。そう思った。

エヴァンジェリンの紫《むらさき》の瞳《ひとみ》を、瞬《まばた》きも忘れて見つめながら、アランゾは認めていた。

この想《おも》いを、なんと呼ぶのかを。

以前は、馬鹿にしていた感情だ。

ありえないと、鼻で嗤《わら》ったこともある。

――一目惚《ひとめぼ》れ。

一目で、恋に落ちるなど、愚《おろ》か者の戯言《たわごと》だと思っていた。

あまりにも衝動的で、動物のようではないかと、思っていたのだ。

人には理性がある。人が人たる所以《ゆえん》だ。

それならば、恋というものも相手を理解してこそ、生まれる感情のはずだ。

一目見ただけで夢中になるなんて、外見に惑わされているに過ぎない。

アランゾの長年の考えを、現実は一瞬のうちに覆《くつがえ》した。

親友の花嫁ではないかと、理性はうるさく騒ぎ立てるのに、理性以外のなにもかもがそれを裏切る。

新しい生命の誕生に、心震わせ涙を浮かべていたこの瞳に、一目で魅了された。

いや、それ以前からだ。

彼女が、妊婦を気遣《きづか》い、自分を気遣い、手の発疹を見せてくれたとき、彼女の心根の優しさに惹《ひ》かれた。

彼女の外見すら、まともに見ていない状況で、すでに心は動いていたのだ。

生まれてはじめての経験だった。

この、甘く切ない想いに比べたら、今まで自分が楽しんできた恋愛など、造花にしか過ぎなかった。

見た目は美しかろうと、香りもなければ変化もない。

どれほどだめだと自分に言い聞かせても、瞳はエヴァンジェリンから離れず、耳は彼女の吐《と》息《いき》でさえ聞き漏《も》らすまいと緊張する。

昨日、思わず握ってしまった手の感触が懐《なつ》かしい。ついさっき、自分のひじに触れた、彼女のぬくもりが慕《した》わしい。

これほど近くにいて、触れることができないのが、身を切られるほど辛かった。

だが、エヴァンジェリンは、エルリックの妻なのだ。

アランゾの心の葛藤《かっとう》も知らず、彼女はわずかに瞳を翳《かげ》らせた。

「幸せ……だと思いますわ」

それは、アランゾの求めていた答えではなかった。

彼の想像では、エヴァンジェリンは頬を染め、けぶる瞳で陶然《とうぜん》と囁《ささや》くはずだった。

わたしは幸せです、と。

「思うと言うより、ご自身に言い聞かせているように聞こえますが？」

「まあ、嫌な方」

エヴァンジェリンは、微笑《ほほえ》んだ。だが、アランゾにはそれがとても寂しげな微笑に思えてならなかった。

アランゾはその場にひざまずいた。

「アリソンさま?」

当惑するエヴァンジェリンに気にも留めず、彼は彼女のドレスの裾《すそ》を手に取った。

それがブノスの騎士が、貴婦人に礼節を誓う所作《しょさ》だということを、アランゾはエルリックから聞いていた。

「異国の騎士に、どうかあなたの心の秘密をお聞かせください」

「おやめください。どうか、どうかお立ちになって。礼節の誓いは、そのように軽々しくなさるものではありませんわ」

「なぜ、軽々しいと思われるのです。あなたに、私の心などおわかりになるはずがない」

「アリソンさま!?」

このとき、アランゾは偽名《ぎめい》を使っていることを、初めて後悔した。

彼女の薄紅色の唇が、自分の名前を呼ぶことは、決してありえないのだ。

「いずれ、私は妻を娶《めと》ることでしょう。おそらくシルヴィアナの乙女《おとめ》を。でも、私の心はあなたに捧《ささ》げます」

「もう、なにもおっしゃらないで。わたしは忘れます。いまわたしはなにも聞かなかった」

アランゾは、ドレスの裾を手にしたまま、激しく首を左右に振った。

「礼節の誓いは一生に一度。騎士の真実です。それは、あなたにも覆《くつがえ》すことはできない。エヴァンジェリン、私はシルヴィアナに帰る者です。これほど秘密を打ち明けるにふさわしい相手がいるでしょうか。それだけを、この誓いの形代《かたしろ》にいたします」

エヴァンジェリンは、片手をアランゾの肩に置き、もう片方の手で、ドレスの裾をそっと引いた。

アランゾの手から、美しい布地が滑り落ちる。

「わたしは、シュゼットやタージュが羨《うらや》ましい。それだけです……」

彼女は早口で囁《ささや》くと、小走りでアランゾの前から去っていった。

その姿を追いかけたくて、アランゾは立ち上がった。だが、それ以上情熱に突き動かされることを、彼は歯を食い縛《しば》る思いでこらえた。

シュゼットが探しにくるまで、彼はその場に立ち尽くしていた。

花園は、悲しくなるほど美しかった。

6

――シュゼットやタージュが羨《うらや》ましい……。

エヴァンジェリンの囁《ささや》く声が、アランゾの脳裏《のうり》で何度となく繰り返される。

彼女はなにを羨ましがっているのだろう。

一方的な恋に囚《とら》われてしまったアランゾには、彼女が人を羨む理由がまったく理解できなかった。

美貌《びぼう》にも家柄にも恵まれている。エルリックの大伯母《おおおば》の話では控えめな性格で、誰にもやさしく接することができる。

発疹《ほっしん》は、彼女にしてみれば、大変な問題かもしれないが、いままで聞いた話から判断すると、まず悩み有りきだ。

グリオン女伯爵《おんなはくしゃく》やタージュの話では、なにか心配事があって、それが発疹となって現れたという話だ。

言葉にできない悩みが、発疹という形になって現れたのだろう。

その心の秘密を聞きだしたかったのに、返ってきた答えは「シュゼットやタージュが羨ましい」では、納得がいかない。

彼女たちのなにを、エヴァンジェリンは羨ましく思っているのだろう。

一つの事に頭を悩ませていたせいか、食堂への往復の道は瞬く間だった。

まだ完全に回復していない御者《ぎょしゃ》を、城内に運び入れると、早速《さっそく》タージュがやってきて、具合を確かめる。

幸いなことに、御者は微熱が残っているものの、ゆっくり養生《ようじょう》すればすぐにいままでどおり元気になるだろうとのことだった。

「吾亦紅《われもこう》のお茶です。強壮薬ですから、たくさん召し上がってくださいね」

タージュがそう言いながら、お茶を淹《い》れるのをアランゾは、何気なく見つめていた。

タージュの手は、働く者の手だった。爪《つめ》は綺麗《きれい》に磨かれていたが、短く摘《つ》んである。指先は少し荒れているし、染料でもいじっていたのか、関節の辺りがわずかに紫色に染まっていた。

彼女が働き者だということは、よくわかっていた。

タージュは、でしゃばって城の切《き》り盛《も》りをしているわけではなかった。必要とされているのだ。

城の住人は、なにかあるたび、タージュを探す。

いま、シュゼットの御者を診《み》る傍《かたわ》ら、料理番と晩餐《ばんさん》の献立《こんだて》を話し合っている。

今日一日観察していたといっても、午後は御者を迎えにいったのだから、半日にも満たない時間だ。だが、その短い間にも、彼女はくるくるとよく働いていた。

朝から厨房《ちゅうぼう》でパンを焼き、エヴァンジェリンの発疹を水薬で清め、あの花園──香草園──の手入れをしていた。

昼食のために、大量の軽焼きパンを焼き、夏服の用意を言いつけ、晩餐の献立を考える。

シルヴィアナの貴婦人たちは、しみひとつない手を自慢する。

それは富の象徴だからだ。

クラウディア王妃《おうひ》は、必要とあらば自《みずか》ら厨房に入り、国王のために食事の支度を整えたという。それは美談とされていたが、豊かになった現在のシルヴィアナでは、貴族の奥方が家政に直接携《たずさ》わる機会は減り、いまでは家政婦を雇うのが一般的だ。

貴婦人は、夫のために美しく装い、汗ひとつかかないのが、美徳とされていた。

それのどこが美しいのか、アランゾにはわからない。

たしかに、男と違い、細くしなやかな婦人の指が、優雅に動くのは美しいと思う。だが、それと同じように、働く手もまた美しいとアランゾは思うのだ。

自身も騎士団に所属する彼の手は、剣や弓を扱うため、関節は太く、血豆や傷でごつごつしている。この手は、アランゾの誇りだ。

この手を面と向かって褒《ほ》めてくれたのが、エルリックだった。

手のひらの硬くなった部分に触れ、彼はこともなげに言ったのだ。

『力が入りすぎていますね。あなたは手が大きいし、握力が強いのですから、少し力を抜くか、もっと重い剣に替えたほうがよいでしょう。全体の動きが、もっと速くなるはずです』

彼の言葉に従うと、上半身の切れが、以前にまして鋭くなった。

『手を見れば、その人物の人となりがわかります。あなたは、努力を怠《おこた》らない方なのですね』

まだ出会って間もない頃だ。

宮廷で、軽佻浮薄《けいちょうふはく》な貴公子といった面しか見せていなかった。それなのに、彼はアランゾの手を見ただけで、それがあなたの本質ではないはずだと言ったのだ。

エルリックなら、このタージュの手も美しいと賞賛するに違いない。

そんなことを、ぼんやりと思っていると、彼女の指に金の指輪が輝いていることに気づいた。

婦人の細い指には、ずいぶん大きいものだった。

その違和感に、目が留まる。

その指輪は、初めて見るものではなかった。

離れていても、楕円形《だえんけい》の表面にどんな意匠《いしょう》が刻まれているか、アランゾは知っていた。

薔薇《ばら》と剣だ。

それを囲むように、エルリックの名前の頭文字《かしらもじ》が刻まれている。

どくっと、アランゾの心臓が大きな音を立てて鼓動を打った。

じわりと、背中やうなじ、手のひらに嫌な汗が湧《わ》いてきた。

アランゾは、確かめなければならなかった。

そんなはずはないと、自分に言い聞かせながら、でも猜疑心《さいぎしん》に苛《さいな》まれ、頭の芯《しん》がきりきりと痛んでくる。

その日の晩餐は、なにを食べても砂を嚙《か》むような思いがした。昨日とは違い、城の住人と旅の吟遊詩人《ぎんゆうしじん》が同席するだけの晩餐だった。

吟遊詩人は、一宿の恩義に報《むく》いるため、請《こ》われるままに歌を唄《うた》った。

恋の歌、道化た歌。

女伯爵もエヴァンジェリンも、楽しそうに顔を輝かせている。

なにか後ろめたい思いがして、アランゾはエヴァンジェリンと視線が合うたび、さっと逸《そ》らしてばかりいた。

それでも、気がつけば彼女の姿を探している。

吟遊詩人の楽器が、陽気な舞踊曲《ぶよう》を奏でだすと、食事を終えた者たちが、広間で踊りだした。

男女が二列に並び、パートナーを替えながら、手のひらを打ち合わせて踊る曲になると、アランゾは立ち上がった。

エヴァンジェリンが自分を見ていることはわかっていた。だが、彼は焼きたての小型パイを大きな皿に盛って運んできたタージュをダンスに誘った。

エヴァンジェリンの紫の瞳《ひとみ》が、翳《かげ》ったような気がした。

でも、確かめなければならない。

彼女の金の指輪を、この目で確かめなければ……。

確信があったが、思い違いであってほしいと、アランゾは願った。

だが、タージュの指に輝くのは、金の指輪。薔薇と剣の意匠も頭文字も、アランゾの記憶にあるものと寸分違《たが》わぬものだった。

「この指輪は、エルリックの指輪ですね？」

アランゾが尋《たず》ねると、タージュは悪びれることなく、頬《ほお》を染めてうなずいた。

「ご存じですか？　この指輪が、薔薇の騎士団の証《あかし》の指輪で、ブノス国王手ずからはめてくださるものだということを」

「はい、存じております。もったいないことと喜んでおります」

その言葉の端々《はしばし》にあふれる想《おも》い。

それは、いまのアランゾにはっきりと感じ取ることができた。

「タージュ、あなたは……、エルリック殿を好きなのですね？」

「はい」と囁《ささや》き、タージュは二色の瞳でアランゾを見上げた。

黒い瞳にも緑の瞳にも、あざやかな輝きがあった。

「エルリック殿は、それを知っているのだろうか？」

「ええ、ご存知だと思います」

そういって、はにかむ姿はあくまで無邪気《むじゃき》なものだった。

アランゾは、あまりの精神的な衝撃に、いつ曲が終わったのかもわからなかった。

エヴァンジェリンが哀《あわ》れでならなかった。

エルリックがなにを考えているのか、理解できない。

エヴァンジェリンという花嫁を差し置き、なぜ騎士団の指輪をタージュに与えたのか。それも、タージュの想いを知っていながら。

タージュは辛《つら》くないのだろうか。

信じられなかった。

彼が親友と呼ぶ男は、女心を弄《もてあそ》ぶような男ではなかったはずだ。

それでは、エルリックはタージュを愛しているのだろうか？　それでは、なぜエヴァンジェリンを花嫁に迎えた？

花嫁に迎えながら、なぜいつまでもタージュに女主人の役目をさせる？

アランゾは、自分が謎深《なぞぶか》い迷宮に知らずして迷い込んだような気がした。

この迷宮から逃れる手立てを知る者は、エルリック以外にない。

アランゾは、その晩王都リンスへ向けて、月明かりの下、馬を走らせていた。


アランゾが、王都にあるクレイヴン侯爵家《こうしゃくけ》の館の扉を叩《たた》いたのは、次の晩のことだった。

二日はかかる行程を、彼はたった一日で駆け抜けたのだ。

夜遅く訪ねてきた客に、侯爵家の家令《かれい》は、驚きふためいた。アランゾがエルリックに会いたいと言っても、このような時間に非常識だと断られるだけだった。

自分の名を明かすわけにはいかないため、アランゾは仕方なく、無茶を承知の上で声を張り上げた。

「エルリック!! シルヴィアナからの客人だ! 顔を見せろ!!」

ほどなく、二階のほうから、重い足音が聞こえてきた。

「ア……――」

唖然《あぜん》とする親友の姿に、アランゾはわずかに溜飲《りゅういん》の下がる思いがした。


眠たげな家令が、茶の用意を終え退室すると、クレイヴン侯爵家の書斎には、疲れた顔の銀髪の男と、寝巻き姿の金褐色《きんかつしょく》の髪の男が残された。

「旧交を温める雰囲気《ふんいき》ではありませんね。なにがあったのです?」

エルリック・エルロイ・エルフレッド・ヴァン・クレイヴンが茶を勧めながら尋《たず》ねると、シルヴィアナ王太子アランゾは単刀直入《たんとうちょくにゅう》に答えた。

「薔薇《ばら》の騎士団の指輪をどうしたか、教えてもらいたい」

この強行軍の疲れもあって、このときのアランゾはいまにも爆発しかねない活火山のように、その全身が怒りで満たされていた。

だが、未来の国王として感情を抑《おさ》えるよう躾《しつ》けられたアランゾだ。一見、冷静に見えたことだろう。

だから、エルリックは気づかなかった。親友の怒りに。

寡黙《かもく》で知られた騎士は、思いがけない問いに、頬を染めた。

そして、照れくさそうに唇《くちびる》を嘗《な》め、重い口を開いた。

「妻に与えました。結婚の誓いとして」

アランゾはますます混乱した。

「なぜ、タージュの指に、あの指輪が?」

「タージュにお会いになったのですか?」

エルリックがうろたえるのを、アランゾは初めて目にした。

「貴様!」と、アランゾは椅子《いす》を蹴倒《けたお》す勢いで立ち上がると、エルリックの胸倉《むなぐら》を掴《つか》み絞《し》めた。

「申し訳……ございません」

のどもとを絞め上げられ、苦しい息のなかから、エルリックが謝罪する。

「僕に謝って、どうなる⁉」

呼吸を求めて、エルリックの手が動いた。アランゾの手首を摑み、引き離す。

「タージュを愛しています。あなたの花嫁にと思っていました。でも、離れられなかった」

「エルリック、見損《みそこ》なったぞ。ぬけぬけとおまえの口から、そのような言葉を聞かされるとはな。エヴァンジェリンの気持ちはどうなる⁉」

アランゾは、このように卑劣な男をいままで親友と信じてきたのかと思うと、自分が悔《くや》しくてならなかった。

「アランゾさま？　私の従妹《いとこ》をご存じなのですか？」

「知っているとも。彼女ほど、美しい女性を私は知らない」

「アランゾさま？」

「なぜ、あのように惨《むご》い仕打ちができる？　彼女は言っていたぞ。シュゼットやタージュが羨ましいと」

あまりの悔しさに、アランゾは目の奥が燃えるように熱くなった。

目の縁《ふち》に浮かんでくる熱い雫《しずく》がなんなのか、アランゾにはすぐには思い出せなかった。

涙を流すことなど、何年ぶりだろう。

だが、エルリックは平然とこう言ったのだ。

「それは、あなたのせいですね」

「……………私の、せいだと？」

「ええ、あなたがいつまでたっても、身を固めようとしないからいけないのです。我が国の国王陛下《へいか》は、あなたの花嫁候補の第一にエヴァンジェリンを挙げたのですよ。ですが彼女は、タージュやシュゼットのように、運命的な恋に憧《あこが》れていましたからね。それに、我が宮廷でのあなたの噂《うわさ》は、褒《ほ》められたものじゃありませんし」

アランゾは、全身から力が抜けていくのを感じた。気がつけば、へなへなと椅子《いす》に腰を下ろしていた。

「待て、どういうことだ。エヴァンジェリンは、私の花嫁なのか？」

「あくまでも候補です。彼女はあなたの噂に恐れをなしていましたから」

「いや、彼女は……、彼女が私の花嫁だ！　そしておまえの花嫁は、あのタージュなのだな？」

アランゾの唇から、忍び笑いがもれた。それは、徐々に勢いを増し、最後には哄笑《こうしょう》となった。

彼は、愉快《ゆかい》でならなかった。

これが運命の出会いでなくて、なんだろう。

この自分が、エヴァンジェリンの心配事だったのだ。

あの、小さなかわいらしい発疹《ほっしん》は、自分が彼女の肌に浮かべさせてしまったものなのだ。

「エルリック、明日、いやもう今日か。野薔薇城《のばらじよう》へ戻るぞ。あの美しい城は、プロポーズの場にまったく理想的な城だ。おまえも同行しろ。タージュが寂《さび》しがっている」

ややもすれば笑いがこぼれだすアランゾを、怪訝《けげん》な思いで見つめながらエルリックはうなずいた。


妻の待つ野薔薇城へ戻るのは、いつでも大歓迎だ。


次の春、シルヴィアナの王太子アランゾ殿下は華燭《かしよく》の典を挙げた。

ブノスから嫁いできた花嫁の古典的な美貌に国民は讃美を惜しまなかった。

だが、彼らは知らない。

自分たちの王太子が花嫁の紫《むらさき》の瞳《ひとみ》の虜《とりこ》であることを。

# あとがき

『銀朱の花』シリーズ、「とこしえの薔薇《ばら》～ブノス異聞《いぶん》～」を、お届けします。

今回のお話は、シリーズ前巻「夢の誓い」の主人公、タージュとエルリックに縁のある人々の物語です。

「とこしえの薔薇」は、エルリックのお兄様エドガルドが主役。

「訪問者」は、エルリックの親友が登場します。

聖痕《せいこん》の乙女《おとめ》タージュのその後を、少しでもお見せできたらと思っています。

薄幸な少女、エンジュを主人公に始まった『銀朱の花』シリーズですが、気がつけば十巻を超えていました。

左右で色の違う瞳《ひとみ》という、異相を持って生まれた少女たちの物語は順調に巻数を重ね、嬉《うれ》しいことに二〇〇六年の夏、韓国《かんこく》で翻訳《ほんやく》出版されました。

日本で生まれ育った在日三世の私にとって、やはり特別な感慨があります。

一応読み書きはできるのですが、普段は日本語しか使いませんし、ハングルで書かれた本は資料以外はほとんど読みません。

今回、翻訳された『銀朱の花』を読みながら、自分は本当に幸せだとつい涙ぐんでしまいました。これもひとえに、応援してくださる読者の皆様のおかげです。

この場を借りて、心からお礼を申し上げます。

それがきっかけとなり、この秋初めて韓国の土を踏むこととなりました。

初めて訪れるソウルの町は、とても印象的でした。

秋という季節もよかったのでしょう。

空は高く、紅葉は美しく、空気はしっとりとしていました。

実は私、辛《から》いものがほとんど食べられないんです。

子供の頃は、キムチが食べたくなると水を入れたお椀《わん》を置いて、洗いながら食べたものです。

今でも辛いもの全般が苦手で、ピザにタバスコをかけたこともありません。

もちろん、韓国のお料理すべてが辛いわけではないので、それほど心配はしていなかったのですが、念のために日本のお醤油《しょうゆ》を持って行きました。でも、出番はありませんでした。

お料理自体は赤いのに、あまり辛くないんです。唐辛子自体が。

なんでも、韓国の唐辛子の種を日本に植えると、とても辛くなるそうです。土壌の違いが作物の味を左右するのはおもしろいですね。

書店を何軒か見てまわったのですが、マンガコーナーに足を踏み入れると、日本にいるのかと勘違いしそうなほど、日本のコミックスやジュヴナイル小説であふれていました。コーナー全体の八割が、日本のマンガや小説の翻訳物だそうです。

コバルト文庫も装丁の違うものがたくさん並んでいました。見ているだけで嬉《うれ》しくなってくるのですから、不思議ですね。

発行元の鶴山《ハクサン》文化社の方とお話しする機会があったのですが、日本語のマンガや小説が読みたくて日本語を勉強したと、それは流暢《りゅうちょう》な日本語で話していらっしゃいました。

私が韓国語が話せることが意外だったようです。拙《つたな》い私の言葉を、辛抱《しんぼう》強く聞いてくださって、感激しました。

短い日程でしたが、世界観、価値観が大きく覆《くつがえ》る旅でした。

こういった経験を生かして、新しいなにかを生み出せたらと思っています。

そろそろ紙数も尽きてきましたので、今回はこれで筆を置きます。

――――また、次の文庫でお会いしましょう。

金蓮花

※この作品はフィクションです。実在の人物・団体・事件などにはいっさい関係ありません。

**きんれんか**

3月20日、東京生まれ東京育ちの在日朝鮮人三世。魚座のＡＢ型。朝鮮大学師範教育学部美術科卒業。1994年5月『銀葉亭茶話』で第23回コバルト・ノベル大賞受賞。コバルト文庫に〈銀葉亭茶話〉、〈水の都〉、〈月の系譜〉、〈竜の眠る海〉、〈櫻の系譜〉、〈銀朱の花〉、〈光を紡ぐ者〉の各シリーズの他、『シンデレラは床みがき』『プリズムのseason』『砂漠の花』『翠の稜線、金の夢』『光を紡ぐ者』がある。最近のお気に入りはクラシックバレエ鑑賞。アダム・クーパーに来日して欲しいな。

# とこしえの薔薇

## 銀朱の花〜ブノス異聞〜

COBALT-SERIES

2007年1月10日　第1刷発行

★定価はカバーに表示してあります

著者　金蓮花
発行者　礒田憲治
発行所　株式会社 集英社
〒101−8050
東京都千代田区一ツ橋2−5−10
電話　東京 (3230) 6268 (編集部)
(3230) 6393 (販売部)
(3230) 6080 (読者係)

印刷所　株式会社美松堂
中央精版印刷株式会社



ISBN4-08-600861-0 C0193